# からまる
# 毎日の
# ほぐし方

尾石晴

# はじめに

私は30代に入ってから、様々なものにからまるようになった。仕事、お金、子育て、人づき合い、今後の人生……。1つずつであれば対処できるけれど、2つ、3つと同時にからむことが増えると、どうしていいのかわからず、フリーズするようになった。子どものスケジュールと勤務時間、転職と住む場所、自分のキャリアと夫のキャリア、生活費の負担とやりたいことにかかる費用、足りない時間と衰える体力……。

20代の頃には感じなかったが、ミドルエイジという年代は、担っている複数の役割と、家族の都合と、加齢によるこれまでと違う自分、がミルフィーユのように重なり合って、人生を複雑にしていく。この30代半ばから50代くらいまでのミドルエイジは、人生でもっとも悩みが多い時期と言えるのではないだろうか。若い頃のように無限の可能性があるわけでもなく、おおよその天井が見えてきて、人生の方向性も決まりつつある年代。同じミドルエイジ同士でも、20代から選んできた多くの選択の結果、生き方、働き方、家族形態が大きく分かれてしまう。私は子どもがいる夫婦共働き組だが、人によっては、私とはまったく別の場所にいるだろう。しかし、両者の間には理解できない川が流れているわけではなく、お互い、ミドルエイジという共通項で、大きく見れば、みんなそれぞれの人生における〝からまり〟を抱えている。

ミドルエイジになり、そういった仕事・家族・自分のミルフィーユにはさまれつつあった私に転機をもたらしたのは、意外なことに〝片づけ〟であった。第2子が生まれた頃、私のキャリアは中盤を迎え、岐路に立っていた。昇進試験、転勤、キャリアパス……様々な選択肢が頭をよぎるが、どれを取ってもどれかを調整する必要があり、その調整を考えると、頭の中がこんがらがる。からまる。

そんなモヤモヤを抱えていたある日、私は〝片づけ〟の資格取得を決意する。

頭の中もこんがらがっているが、家の中もこんがらがっていたからだ。家族が増える、子どもが生まれる、人が増えれば家の中にものが溢れ散らかる。自分以外の他者との生活では、私の意思に関係なく、多様なものが自宅に入ってくる。片づけても片づけても、自分の意思だけではどうにもならないものの量と、どこに何を置きたいといった家人の習慣にフリーズしてしまう。まるでミドルエイジの人生のようだ。

単純に、自分の手で自宅をキレイに維持したいという動機であったが、学んでいるうちに、目に見えるものの〝片づけ〟は、実は、私のこんがらがっていた頭の中の〝片づけ〟に効くと気づいた。片づけの手法は、単なるものの整理術にとどまらず、私の人生を整える思考法となった。モノにもコトにも応用が効いた。

すべて出す↓選ぶ↓戻す↓維持する

このシンプルなステップは、目に見えない〝思考〟や〝感情〟にも効果的で、私の人生のあらゆる場面の〝からまり〟をほぐしてくれた。これまで漠然としていた、自分にとって大切なもの、自分がやりたいことがわかってきた。自分にとって必要なものを選ぶというのは、自分の大事なことに集中する土台をつくってくれる。

私はＶｏｉｃｙという音声メディアで、２０１９年頃から、ミドルエイジの共働き子持ち会社員として、様々な毎日の〝からまり〟とそのほどき方やほぐし方を音声配信してきた。私はずっと、いろんなことにからまっている当事者であり、それを〝ほぐす〟ポイントを見つけるべく模索していた。毎日毎日、声に出して、その〝からまり〟や気づきを配信する中で、年月が経つにつれて、私が抱えていた〝からまり〟は、少しずつほどけていった。なぜか？　それはきっと、私は自分の〝からまり〟を話すことで、その〝からまり〟を自分の外に出せるようになり、それを客観的に見て、自分にとって大事なことを選び、戻し、維持できるようになったからだと思う。長年の音声配信は、結果的に自分の思考の片づけになっていたということだ。気づけば、私の頭の中にあった〝からまり〟はほどけていった。自分の大事なことに、集中できるようになったのだろう。

2019年の私は、フルタイム勤務の会社員で、保育園と職場を行ったり来たりする日々だった。仕事が好きだったので、そういう人生もいいと思っていた。しかし、2024年の今は、会社を辞めて、同年代女性の健康に役立つモノを作ったり、文章を書いたり、音声配信をしたり、大学院に通って研究したりしている。今も、もちろん今なりに、からまっていることはあるが、2019年当時に感じていたような、私の人生や生き方そのものに関係するような、大きな〝からまり〟は消えてしまった。

私の場合は、片づけで得た思考法と毎日の音声配信が、結果的に〝からまり〟をほぐすことにつながった。あなたは何に、今からまっているだろうか。人によっては、その〝からまり〟に気づく、ほぐす、きっかけになるかもしれないと思って、私はこの本を書いている。この本ではビジネス書や自己啓発本のように、「こうやったら、あなたの〝からまり〟がほぐせます」ということは書いていない。すべては、私の体験、私が考えたこと、私が感じたこと、これらを踏まえて、私の〝からまり〟について書いている。それらは、ほどけてしまったものもあるし、まだ、ほどけかかっているものもある。

私も現在進行形のミドルエイジ当事者なので、偉そうにアドバイスできる立場ではない。それでも、あなたが、もし人生でからまってることがあるのであれば、「こういう一例もある」「こういった考え方もある」という、この本にちりばめたエッセンスが、その〝からまり〟をほぐすヒントになればいいな、と心から思っている。

では、そろそろ始めましょう。ようこそ、『からまる毎日のほぐし方』へ。

# 目次

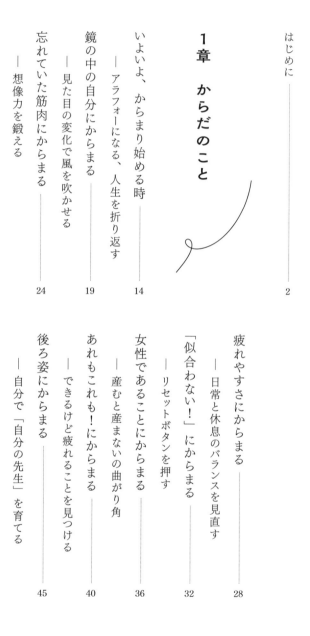

## 2章　仕事のこと



## 3章　お金のこと

## 4章 子どものこと、夫婦のこと、親のこと

## 5章　人づき合いのこと

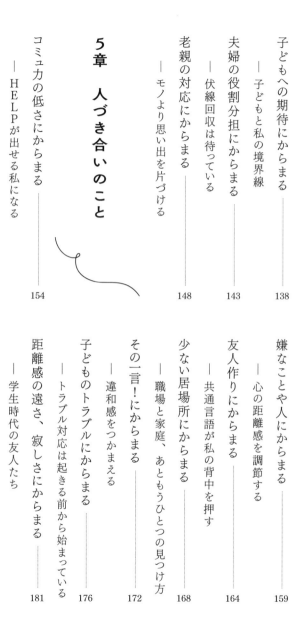

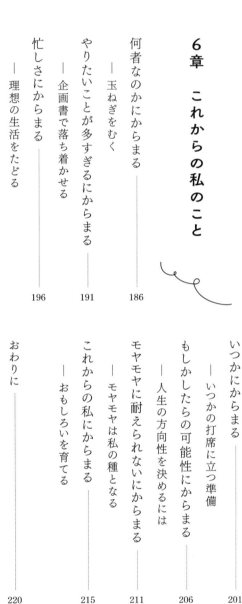

## 6章　これからの私のこと



デザイン　野本奈保子（ノモグラム）
イラスト　田渕正敏
DTP　ビュロー平林
校正　小出美由規
編集　鈴木裕子

# 1章　からだのこと

# いよいよ、からまり始める時

## ――アラフォーになる、人生を折り返す

数年前、40歳になるのが少し怖かった。なぜ怖かったのか。振り返ってみると、人生を80年とした場合、40歳を境に折り返してしまえば、そこから先に見えるのは人生のゴールという名の死に向かう一本道だけ。その感覚が怖かったのだと思う。上り坂から下り坂への転換地点としての40歳。そこにたどり着いたら最後、今まで歩いてきた道とは異なる景色が見えることを想像していた。今までは人生の終わりなど考えてなかった道、これからは人生を折り畳んでいく道。一度踏み込んだら、もう後戻りできないという不安。しかし、いざ40歳が来て、いったん折り返してしまえば、意外とすんなり歩き出せた。むしろ、40

歳まで上ってきた坂道を、少し余裕を持って振り返ることもできている。

アラサー（30歳前後）、ミドサー（35歳前後）、アラフォー（40歳前後）、ミドフォー（45歳前後）、アラフィフ（50歳前後）。

出世魚のように、この年代の人は5歳刻みで少しずつ階級移行していく。私は、この春に43歳になった。書きながら軽く驚く。もはや立派なミドフォーだ。つい先日まで、当たり前のようにアラフォーと名乗っていたのに、あっという間の階級移行である。時間というのは万人の背中を均等な力で押していて、私も気づけば、ところてんのようにするっと次のステージに押し出されていた。

この5歳刻みの段階は、自分を見直す良いタイミングのサインだと思う。ミドサー（35歳前後）あたりから、私は少しずつ、年齢による変化を自分事として感じるようになっていった。ネガティブな意味ではなく、万人に訪れる身体的変化として、髪の毛に白いものが少しずつ増えていくし、一度太るとやせにくくなるし、調子にのってお酒を飲むと次の日の朝まで残りやすくなる。アラサーよりミドサー、ミドサーよりアラフォーで身体的な「これまでと違う」は増えていく。これは、歳を重ねているサインなのだ。

昔似合っていたはずの洋服は、だんだんとしっくりこなくなるし、メイクもなぜか古くなる。いや、メイクが古いというより、自らの情報やモノの新陳代謝が衰えてくるのだ。そのため、気を抜くと、5年前に購入したアイシャドウがいまだに現役で、メイクも変わらずということがある。怖い怖い。洋服も定期的に買い替える習慣がない限り、クローゼットに居座り続ける。だんだんと家の匂いと自分の匂いが染みつくが、食品と違って、洋服は腐ってくれない。腐らないので、ずっとそこにある。当たり前にあり続けるので、見慣れてくる。見慣れると、繊維の毛羽立ちやデザインの古さなどに気づかなくなる。

年齢というのは、数字では表せるけれど、その変化を具体的に察しようと思うなら、注意深く耳を傾けないと難しい。そこで、呼び名の変わる5歳刻みの段階では、意識的にチェックしてみる。アラサーからミドサー、アラフォーからミドフォー。自覚しやすい年代の変化が訪れた時に、必ずチェックする項目を決めるのだ。毎日、当たり前にやり続けてしまう、自分の〝型〟になってしまいやすいこれらのこと。

・メイクのやり方、髪型
・洋服、バッグ、靴
・生活スタイル

そのメイク道具は一体いつ買ったのか？　メイクはいつから変えてないか？　持っている洋服の中で素材が毛羽立っているもの、匂いがするものはないか？　バッグはくたびれていないか？　靴のかかとの減りや傷みは？　食べる量は？　寝る時間は？　運動量は？　健康診断は最後にいつ受けた？

特に変化のサインが表れにくいもの、周りには気づかれていても自分では気づかなさそうなもの、これらを5年ごとに出して並べてみる。現状の棚卸しと引き算を客観的に行うのだ。大事な点がひとつある。この5歳刻みチェックは、他人からどう見られるかのためにやっているわけではない。階級移行の踊り場に立って、「これからの自分のため」に、今までの良きも悪しきも振り返るのだ。反省ではなく内省。モノや習慣を通したリフレクション。

私はこの原稿を書き終えて、いいタイミングだと思い、クローゼットを開けて、毛羽立っている洋服や匂いがついた洋服たちを見つけ処分した。化粧ポーチを開き、使っていなかったアイシャドウも処分した。そこには、すっと余白が生まれる。今までとは違うカラーを試そうかな、新しい気持ちの風が吹く。これから、どのように自分に合わせたモノを選んでいくのかのリフレクションが始まる。そう、自分の変化に、前向きに、歩みを合わせられるようになるのだ。

**いよいよ人生の折り返し。頂に立ったら、私に合う下り方を選んでいく**

# 鏡の中の自分にからまる

## ――見た目の変化で風を吹かせる

42歳になってから、髪の毛の根元にある白髪を染めるためだけに、美容院に行くようになった。リタッチカラーというやつだ。カットカラーは60日ごと、その合間にリタッチカラーをはさむ。それまでは、カットカラーのみの45日周期だったのだが、白髪のおかげでリズムが変わった。白髪が気になり始めたのは30代半ば、2人目の出産後からだ。ちらほら黒髪にキラッと光るそいつを見つけてはいたものの、黒髪のすきまに押し込んでなんとか騙し騙しやってきた数年。ところが、40代に突入すると、そのキラッはギラッと量を増していて、オセロの白と黒の押し合いのように、少しずつ白が優勢になっていった。毎朝、鏡を見るたびに、徐々に無視できなくなっていく白髪の存在感。

さらにもうひとつ気になり始めたのは、白髪ではなく、髪のツヤだ。私はここ数年、鎖骨の下を超えるあたりのロングヘアを維持していたが、年々パサつきが気になるようになっていた。年齢とともに水分含有量が減っていくので（これ本当です）、当たり前である。20代と違って、黒髪はツヤツヤ、お手入れも簡単というわけにはいかない。大人のロングヘアを維持するのには、自宅でのトリートメントや美容院への定期訪問といった日々のメンテナンスと、それなりのコストが必要なのだ。ある日ふと、カフェで仕事をしていた時に、ガラスに映る自分の姿を見て「そろそろ髪型を変えたほうがいいかもしれない」と、ガラス越しの自分が教えてくれた。私のような面倒くさがり屋には、手間ひまかけた大人のロングを活かしきれてないがゆえ、結局ひとつ結びで乗りきってしまうという日々。ああ、もったいない。

こうやって回っていたサイクルは、ある日突然、どこかの回転がスムーズにいかなくなり、油を差しつつ（美容院でのトリートメント導入など）、抵抗及びごまかそうとするものの、やがて回らなくなる。とはいえ、嘆くことはないと考えている。問題なのは、なんとなく「昔の良い」を維持してしまう大人の慣性の法則だ。

「だって、今困ってないから」――困ってないこと＝良い、とは限らないのが世の常

「誰にも言われないから」――歳を重ねるほど指摘してくれる人は減るのも世の常

要は、今の自分にとっての最適を見つけられていないだけなのかも。上手くいかなくなった時は、そこに、新しいサイクルを作るための改善ポイントがある。変化に合わせてどう対応するかで、「今の」私にフィットしたサイクルを見つけ出すことができる。この変化に対応しながら、新たなサイクルを作り出すということを繰り返しやっている人こそ、年齢と今の自分がフィットした状態で歳を重ねる人になれるのだと思う。

サイクルを見直す時には、今までやっていたことをやめるのか、別のサイクルと組み合わせて上手く回すのか……。選べるオプションはたくさんある。大事なことは、その回ら

なくなったサイクルを、見て見ぬふりをして回し続けてはいけないということ。

さて、私の見た目のからまりポイント、2つのサインが出ている、白髪とツヤだ。私はどうしたのか？ 思いきって、ベリーショートにした。

小学生以来なので30年ぶりである。

ある日映画を見ていたら、女優の宮沢りえさんがベリーショートにしていた。若い頃のベリーショートは、勝ち気さがにじみ出てしまうようで、私の顔には似合う気がしなかった。しかし、大人のベリーショートは逆に、ツヤを失ってしまった髪の毛を切り落としてしまうことで生まれる軽やかさが、歳を重ねた肌とも合うのかもしれない。なんとなく惹かれた感覚をつかまえて、他人の意見に委ねてみる。「ベリーショート、どうですかね？」。タイミングが来ると人はすぐに行動できるものだ。10年来のつき合いの美容師さんは、「ショート、いいと思いますよ」と、あっさり30㎝を切ってくれた。

耳が丸出しの本格ベリーショート。すごくさっぱりして、鏡を見ると、「ツヤだ何だ、ロングにはメンテナンスだ」と縛られていた私が目尻にシワを寄せて大きく笑っていた。「これこれ」。変化の風を入れると、それまでからまっていた「こうしなきゃ」が緩まってくる。風通しが良くなる。私は新しくベリーショートというサイクルを導入して満喫している。

鏡の中の見た目にからまる時は必ず来る。きっとこれからも来る。からまっている時は、そのからまりを上手く維持するために労力をかけるのではなく、からまりそのものを、変化の風で吹き飛ばしてしまうのも、ありなのだ。

## 見た目の変化を起こすと、内面にも良い風が吹く

# 忘れていた筋肉にからまる

## ――想像力を鍛える

私には1年に1回、咳が止まらない時期がある。多くは、季節の変わり目に発生して、寒暖差や乾燥への注意が抜けている時に起きる。窓を開けたままうっかり寝てしまって、のどがイガイガ、そこから咳が少しずつ出始める。気がついたら、しつこい咳に悩まされている。ミーティング中やヨガレッスン中に咳が出ないかと不安になる。のど飴を常備する。そうこうしているうちに、しつこい咳も、季節の移り変わりとともに徐々に和らいで、いつの間にか消えてしまう。でも、毎年やってはくる。

最近、訪れたこの咳は、こちらをヒヤッとさせる症状も、一緒に連れてやってきた。咳が止まらない時に、ふと尿漏れの予感がしたのだ。「あっ！」と、恐怖におののく。出産経験がある人にはおわかりいただけると思うが、産後にジャンプや、くしゃみをしただけでおしっこが漏れそうな予感がする、あの感じである（実際に少し漏れることもある）。私は20代からずっとヨガをやっている。ヨガは骨盤底筋群に効く動きが多く、鍛えられているのか、尿漏れの予感や経験は、今までしたことがなかった。

咳をすると腹圧がかかり、骨盤底筋群が弱っているとそこから尿漏れを引き起こすと言われる。骨盤底筋群は筋肉の集合体なので、加齢とともに衰える。私は「ｓｏｉｎ（ソワン）」という、ちつケア用のソープとオイルを扱うオンラインショップを運営しているため、このような情報に敏感で常に意識している。ちつケアだって毎日している。そんな私でも、ずっと現状維持とはならない。確実に歳を重ね、衰えていく。

身体の中にある筋肉は目に見えないし、存在にも気づきにくい。私は、毎日ゆるランで軽く走っているし、ヨガもやっているため、そんなに衰えてないだろうと思っていた。謎の自信家。しかし、そんな自信を笑い飛ばすかのように、今回の咳は、私の腹筋や骨盤底筋群に、大きなプレッシャーをかけてきた。ああ、もう。

「咳　尿漏れ」で検索すると、腹圧性尿失禁（腹圧がかかることで下部の骨盤底筋が受け止めきれずおしっこが漏れる）という言葉に出合う。ちょっと怖い。骨盤底筋が弱ると膀胱の位置が下がり、膀胱が下がると骨盤底筋の尿道括約筋が締まりにくくなる。その結果、尿漏れするのだ。すべてがつながっている。私の場合、加齢による筋力の衰え×咳による腹圧＝尿漏れしそうなヒヤッとする感覚、になったのだろう。

大人になるほど、見えないものを想像する力が必要になる。村上春樹の『ねじまき鳥クロニクル』（新潮社）という小説には「想像してはいけない。想像が命取りになる」というセリフがある。人生を折り返した身としては「自分の筋力の状態を想像しろ。想像しないことが命取りになる」と言える。見た目や感覚だけを頼りにするのではなく、不具合が起きた時には、その先に「何が起きているのか」を想像してみる。

私はこの咳からのヒヤッと騒動以降、骨盤底筋群の存在を意識することに、これまで以上に気をつけている。普段なら自転車を使う距離は、あえて歩く。ゆる筋トレをする。プロテインを飲む。子どもたちの移動にも走ってついていく。私の全身の筋肉に思いを巡らす。見て見ぬふりをしてやり過ごすのではなく、衰える事実に向き合い、そのスピードを緩めるべく、想像して微調整する。大人がまず鍛えなければいけない筋力は、自分の老いと向き合うための想像力だ。

## 困り事にからまる時に私を助けてくれるのは、大人の想像力

# 疲れやすさにからまる

## ——日常と休息のバランスを見直す

30代に入ってから、忙しい時や疲れている時に限って、さっさと寝ればいいのに、今日の延長線のまま寝たくない、何かでリセットしたいと思うようになった。そこで、1日の終了後に、静まったリビングでビール片手に、タブレットで映画を見つつ、スマホでネットショップを徘徊してしまう。気づけば就寝予定時間を1～2時間も過ぎていて、おお！まずいと寝室に忍び込むが、起床時間が決まっているため、当然、睡眠時間は短くなる。

この現象は、巷では「リベンジ夜ふかし」と呼ばれる。日中は仕事・家事・育児で忙しく、自分時間が持てなかった。やりたいけれどできなかったあれこれが、消化不良のまま残っている。その小さな鬱憤が「映画見ちゃえよ、今日は頑張ったし、のんびりしなよ」と、自分時間を持つように、私の耳元でささやく。

出すことで満たされる爽快さと、入れることで満たされる爽快さがある。このリベンジ夜ふかしは、後者の入れることタイプだ。片づけや半身浴などは前者。私と同年代は、みな日々が忙しい。忙しいからこそ、自分時間が取れていないと、心が渇く。忙しいのに、充実感がないというやつだ。その渇きを癒やすため、さっさと寝ればいいのに、ついリベンジ夜ふかしをしてしまうのだろう。

アラフォーになって気づくのは、このリベンジ夜ふかしの、翌日のツケ、支払いが年々重たくなっているという事実だ。寝不足は、日中の眠気、集中力の低下、身体の疲れ……を引き起こす。30代なら午前中にはリカバーできていた体調も、40代に入ってからは、午後を過ぎてもなんとなく身体が重い。ぼーっとした頭を抱えながら、「ああ、なぜ私は！」と前日の自分を恨むようになる。リベンジ夜ふかしに、返り討ちにあっている。こんなサインを感じてきたら、私たちはリベンジ夜ふかしから卒業だ。

先日、50代になった先輩が、昔と同じペースでこれまでやっていたことができなくなっていくのは、「時間管理が甘いからでも、最新のガジェットやAIを使いこなせないからでもない」という話をしていた。じゃあ、何ですか?と聞くと、「自分が少しずつ衰えているの。判断や動作が少ーしずつ、鈍くなってるの。50代ではまだまだと思うでしょう?だから気づいてない人は、仕事のライフハックやスキルアップに走るんだけど、意外と原因は自分だったりするの」と。

私のリベンジ夜ふかしは、若さゆえの特権だったのかもしれない。若さゆえにできていたことは、若さがなくなれば少しずつできなくなっていく。そろそろ、日常と休息のバランスを見直す時期が来たのだ。リベンジ夜ふかしのような休息方法では、リベンジできないことを認め、ライフスタイルそのものを見直すことが必要なのだろう。

私の場合、リベンジしたくなるのは、就寝や後片づけが遅くなった時、仕事が終わらない時であった。時間の焦燥感がある日は、夜ふかししたくなる。予定通りにいかない、というのが、私の自分時間を奪い、リベンジ心に火をつけるのだろう。もしかしたら、私の行動の衰えが、時間を少しずつ遅らせているのかもしれない。そこで、スケジュールにこれまで以上にゆとりを持たせるように心がけることにした。予定の前後に15分ずつ足してブロックする。大きな予定は1日に詰め込まない。リベンジしなくて済む生活に組み直す。

それでも時々、翌日の健康という代償を支払う覚悟で、少しだけ夜ふかしを楽しむことも、悪くない。人生には、そうした小さなリベンジが必要な時もあるし、そんな時のために、日々の心身のバランスを整えておくのだ。

リベンジ夜ふかしのツケが払えなくなってきたことで、私は日常と休息のバランスの乱れに気がついた。そのシグナルに気づき、改善を試みることで、心身の健康を守ることができる。若さにしがみつくのではなく、今の自分に合ったライフスタイルを見つけることが、これからの私たちにとって重要なのだと思う。

**これまでのライフスタイルが上手くいかない時は、日常と休息のバランスを、今の私にいい塩梅に整え直すチャンス**

# 「似合わない！」にからまる

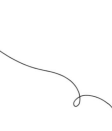

## ——リセットボタンを押す

「わかる！」という人が多いと思うが、1軍の服を着て、自分に似合ったメイクをしている時、人はいつもより20％くらい姿勢を伸ばして、その場にいることができる。しかし、自分的に今日は1軍だと思っていたのに、なぜか目的地に着いて周りを見渡すと、あれ？何か違うかも⁉と気づくことがある。その気づきは、急に私を弱気にする。背中も少し丸くなる。ホーム戦だと思ってグラウンドに立ったら、サポーターゼロで実はアウェイ戦だった感じ。

こういった気づきを、自分で修正できる人は良いのだけれど、たいていの人は、自分の何が違ったのかを自覚して修正できないのではないだろうか。何か違う感じがする……言葉にできない「何か」があるのはわかるが、具体的な中身はわからない。とりあえずその場は引き揚げるものの、こういった何かはその後も残ることが多い。何かメイクもファッションもしっくりこない、でも、自分にしっくりくるものが見つからない、そんな状態が続いてしまう。

私も時々やってくる。家族や友人に話しても「そう？　気にしすぎじゃない⁇」と軽くあしらわれる。せつない。では、どうするのがいいのか。身内ではなく、プロの他者の目で、今の自分に一番良いしっくりくるモノを選んでもらうのである。人生40年も生きれば、その目が逆に先入観となって自分の見え方を曇らせている可能性も高い。そんな時こそ、他者の目である。

好きな洋服屋さんで、自分好みのファッションをした店員さんに、上から下まで服を選んでもらう。いつもとは違う美容院へ行き、美容師さんの思う「私に似合うスタイル」で切ってくださいとお願いする。こうすると、今までとは違うファッションや髪型に出合える。しっくりくるモノに出合えるかもしれない。今までの私を知らないプロたちが、私にはこれしか似合わないといった先入観で凝り固まった私の概念を切り崩してくれるのだ。もちろん、失敗もあるかもしれないが、リスクのないところにリターンはない。私はこれで、過去にメイク用品一式、イベント登壇用の洋服一式を買ったことが二度ある。幸いなことに、今のところ、上手くリセットボタンを押せている。

このプロによるリセット作戦は、自分にだけでなく、誰かへのプレゼントとして使うこともできる。ここ数年、70代の母のメイクとファッションが古いと感じていた。しかし、娘の言うことをすんなりと聞かないのが母親である。何度か、「眉の色が合ってなくない?」などと意見を言ってみたものの、保守派の母は、これまで通りのお店で、これまで通りのものを欲しがるのである。そこで、百貨店へ一緒に買い物へ出かけた際に、化粧品カウンター(通称、デパコスと呼ばれる)へ母を連れていった。美容部員の方にお願いし、基礎からメイクをしてもらい、その化粧品を全部買ってプレゼント。さすがにプロのアドバイスなので、母からの文句はない。仕上がった顔を鏡で見ながら、「人にやってもらうのはいいわね」とのこと。いつもより20％ほど自信に満ちた声である。よかった。

似合うメイクやファッションは、私たちを少し強くしてくれる。しかし、時々、今の私の「しっくり」が見つけられない時もある。そんな時は、プロにリセットボタンを押してもらう。これ、結構効果的なのだ。

## 見た目のリセットは、新たな自分を連れてくる

# 女性であることにからまる
## ――産むと産まないの曲がり角

私が不妊治療をしていたのは、今から11年前と7年前だ。当時は今ほど不妊治療への理解もなく、社内で大っぴらに不妊治療してます、と言うこともちょっとためらう時代だった。いつも会社のスケジュールと、自分の生理周期や排卵スケジュールをにらめっこしながら、「このあたりだったら上手くいくんじゃないだろうか」「このあたりは会議と重なっているから排卵しないでほしい」など、色々とスケジュールのパズルを組み合わせながら治療していた。仕事と不妊治療のスケジュールにからまっていたのだ。

30代前半でなんとか長男は授かり出産したものの、今度は2人目不妊が待っていた。1

人目でもあんなに不妊治療スケジュールのパズルをやりくりしたのに、今度は上の子の保育園スケジュールのパズルも加わって、盛大にからまった。

・子どもを持つか問題は、自分のライフプランとからまる
・1人目をいつ産むか問題は、自分のキャリアとからまる
・2人目をいつ産むか問題は、1人目の子育てとキャリアとからまる

子育ては夫婦でできるかもしれないが、出産は女性1人でしかできない。妊娠してからの10か月間で身体は大きく変化する。そこから再び、仕事や生活に戻るために、元の状態まで心身を戻すにも大きな負担がかかる。身体的変化と精神的変化を同時に味わう側である女性が、キャリアやライフプラン、その後に続く子育てのことも考えると、盛大にからまってしまうのはしょうがないことだ。

さらに、女性が子どもを産める年齢というのはどうしたって限られている。40歳の妊娠率は驚くほど低い。タイムリミットが迫る30代は、キャリアの決断も、ライフイベントの

決断も早急にしなければいけない。焦る。そして、人間は選ばなかったほうの選択肢を、時々、人生のふとした瞬間に思い出してしまう生き物だ。

・妊娠は喜ばしいけれど、しんどい
・子どもはかわいいけれど、面倒くさい
・子どもがいないのは快適だけれど、物足りない
・1人っ子はじっくり向き合えていいけれど、気がぬけない
・子どもが2人以上はにぎやかでいいけれど、手もお金も足りない

人生はトレードオフだ。私たちができることは、このトレードオフの結果、選ばなかった、いい意味であきらめたほうを引っ張り出してきて再度磨き直し、「あーあ」なんて言わないことだ。選ばなかったほうの良いカード、選んだほうの悪いカードを照らし合わせて「どっちが……」なんて言ってしまうのはフェアじゃない。選んだほうの良いカードと悪いカード。両方トレードオフ。ひっくり返せば、意外とそのカードは裏表つながってい

る。子どもはかわいいけれど面倒くさい。このセリフは、福祉社会学者・竹端寛さんが『ケアしケアされ、生きていく』（筑摩書房）の中で語った名言だ。子どもは、全力で泣いて表現し、私を困らせてくるけどかわいいのだ。カードの裏表。

あなたが手に握りしめている選んだカードもほら、裏と表がある。産むか産まないか、どっちを選んでもいい。もちろん、選びたくても選べなかった人もいるだろう。大事なのは、その手元で握りしめているカードの、どの面を見るかだ。選択したそれが、私やあなたの生き方となる。カードの是非を考えるのではなく、自分が選んだカードの明るい一面を見る目を持つほうが、ずっと良い人生との向き合い方になる。

## どっちを選んでも、私の人生。良い面を照らしていく

# あれもこれも！にからまる

## ――できるけど疲れることを見つける

家が好きだ。そのため、一日中家にいる日が多い。キッチンの横にある4畳ほどのミセスコーナーにスタンディングデスクとモニターを持ち込み、半分の棚を書棚に変更して、残り半分に備蓄食料を押し込み、毎日そこで仕事と学業をしている。オンラインミーティングは1日1回あるくらいで、あとはオンラインヨガを週3回、スタジオヨガを週1回教えているが、それ以外、対面では家族以外誰とも話さない日も多い。こんな生活が楽しいのか？と聞かれるが、実は結構楽しい。というか、とても楽しいし、満足している。

会社員の頃の私は、しょっちゅう出張して多くの人と会い、外食をしていた。家にいる時間は短く、それゆえに運動習慣を持ちにくく、マッサージにもよく行っていた。働くのは疲れること。そう思っていた。

コロナ禍になり、オンラインミーティング一色&ソーシャルディスタンスになった時、発狂しかけた人も多いだろうが、私は「よしっ」と拳を握りしめた。対面ではなくオンラインが選択できる世界が来たのだ。最高である。ミセスコーナーに居続けられる。最高である。

ミセスコーナーには通りに面した窓があり、PC作業に疲れたらそこから空をぼんやり見る。息子たちの帰宅も、宅配便もそこから確認できる。近所にお気に入りの川があるので、仕事に行き詰まってきたらそこへ走る。犬も連れていく。犬は大喜びだ。お昼ご飯は、横のキッチンでたいていお蕎麦をゆでる。外食やコンビニ食をしないので太らなくなった。息子が帰ったら手を止めて、キッチンでおやつを出しながら夕飯の下ごしらえをする。だいたいランドセルを背負ったまま、2人とも今日の出来事をだーっと一気に話す。外と内のスイッチを切り替えているのだろう。私は野菜を切りながら「うんうん」と聞く。彼らはある程度話すと満足して着替えに向かう。その背中を見送って、下ごしらえした野菜や肉をホットクックやヘルシオにセットし、炊飯器のタイマーをかけ、また仕事に戻る。

仕事は遅くとも17時前には終えるようにしている。犬の散歩や習い事に息子を送迎したり宿題を見たり、保護者としてのケア活動が待っているからだ。通勤時間ゼロ。無駄がない。仕事が終わらずに先に夕飯やお風呂を終えた時は、するっとミセスコーナーに戻って作業をする。30分でもいい。そして、子どもの声が聞こえたら、そっとリビングに戻る。最高である。

このようにミセスコーナーを中心に、私の1日は回っている。誰にも邪魔されない、理想の1日だ。静かに本を読んで思考したり、思考したものを書いたり話したり……時間に余白がある。余白があるから、アイデアや、やりたいことが浮かぶ。

ミセスコーナー生活を送っていて気づくのは、私にとって、通勤がある、人と会う、人のスケジュールで動くというのは、すごく疲れる生活だったということ。働くのが疲れるのではなく、働き方に疲れていたのだ。

できるけど疲れること、というジャンルがある。人は、自分のできる・できないは自覚しやすいが、その裏にある、できるけど……、は意外と見落としてしまう。できるけど好きじゃない。できるけど時間がかかる。できるけどやりたくはない。これらはまとめると、できるけど自分を疲れさせてしまうこと、と言える。日々の生活に、なんとなく疲れているという人は、1日ができるけど疲れることに埋め尽くされてないか、一度歩みを止めて振り返ってみるといい。わからないときは、自分のメンテナンス時間をどのくらい取っているか振り返ると見えてくる。毎週行ってしまうマッサージ、週末のリベンジ夜ふかし、だらだらSNSを見るなどだ。こんなメンテナンス時間が多いなら、きっとあなたは、できるけど疲れること、に気づかぬうちに占有されている。

できるけど疲れることは、できるにマスクされて見えなくなってしまいがちだ。私は人前で話すことができる。わりと上手いと褒められる。ありがとう。でも、すごく疲れる。だから、できることではあるけれど、講師業をたくさんすると、だんだん他の仕事ができなくなっていく。後のメンテナンス時間が多くかかるからだ。瞑想、半身浴、散歩。除霊に時間がかかる。ほどほどにしなければいけない。

私にとって、今はミセスコーナー中心の暮らしがちょうどいい。できるけど疲れることが最小限だからだ。子どもの年齢を加味したライフスタイルにも合っているし、気が向くままに好きなことをしたい私の性格にも合っている。今日も、ミセスコーナーを中心とした半径3mから、私の仕事と創作は生まれている。

## できるけど疲れることを減らしていくと、私の快適な状態が見えてくる

# 後ろ姿にからまる

## ――自分で「自分の先生」を育てる

私は、ヨガ講師として、週3回、朝5時半からオンラインでヨガを教えたり、スタジオでのレッスンを行っている。教えるだけではなく、自らの勉強のために色々なヨガの先生のレッスンを受けたり、書籍を読んだり、ワークショップに参加もしている。

ある日、成瀬雅春さんというヨガ指導者の本を読んでいた時に、とある一節にページをめくる手が止まった。「初心者向けや上級者向けなどといった具合に、レベル別でヨガクラスを分けることはない」と書かれていたのである。その理由を読んでいくと、同じレッッスンをしても、初心者と上級者では受け取るものが違う、と述べられていた。両者は、そもそもの経験年数が違うので、同じ動きをしていても、気づきの精度もできることの幅も違うと言うのだ。例えば、タダアーサナというただ真っすぐ立つだけのポーズでも、上級者は、足の裏のどこに重心が来ているか、股関節のつけ根が伸びている感じがするかなど、細かい部分に気づけるが、初心者には難しい。そもそも、立っている時に、自分の身体がどう動いていて、どう反応しているのかなんて、普通はわからない。それゆえに、指導者が同じポーズを指示しても、受け取る側のレベル差によって得られることは大きく異なるというのは、納得のいく話であった。

この上級者や初心者の気づきは、歳を重ねることと本質的に同じだと思う。若い頃に気づけなかった自分の状態に、歳を重ねるほど気がつくようになるし、微細な調整ができるようにもなる。私たちは、自分で自分の先生を育てているのだ。大人になるほど、自分にフィットすることや、やり方は、他人とは違うことに気づくようになる。誰かの言うノウハウを真似して、これさえやっておけば、では上手くいかないのだ。自分自身で判断し、自分に合うように調整していく能力が求められる。色々な経験や学んできたことが増えていくにつれて、自分の先生が、「あなたはこうしたほうがいいよ」「今こうなっているよ」と教えてくれるようになっていく。そうやって自分を微調整しながら生きていく。人生において、とても重要な力だと私は感じるのである。

私は女性に生まれて良かったと思っている。結婚や妊娠、出産といったライフイベントとの両立の困難さ、ジェンダー問題などで女性の不利な話はあるけれども、私は良かった、と言いたい。なぜなら、女性は人生において、何度も強制リセットがかかりやすいからだ。ライフイベントで人生の選択を変えたことのある人は多くいるだろう。私は、これらのタイミングは、今までの環境や価値観を変えてくれるチャンスだったと考えている。どう働きたいか、どんな夫婦でいたいか、どこに住みたいか、歳を取ったらどうしたいか。強制リセットがかからなかったら、真剣に考えられなかったかもしれない。

このリセットは引っ越しと同じだ。いらないものを捨てられる。当たり前に使っていた家具が、新しい家にはなじまないと気づくのと一緒。ずっと同じような人と、同じようなことばかりをしていたら、私は凝り固まった価値観の人間になっていただろう。私の自分の先生は、この強制リセットのおかげで育ったと思う。

これからの私。歳を重ねていく中で、若い時にはできたのに、上手くいかなくなることや、あきらめることもあるだろう。でもそういった経験も含めて、歳を重ねることは、自分の先生を育てることにつながっている。私たちは、生きてきた中で、色々なことを微調整してきたのだ。自分の人生の初心者から上級者へと歩みを進めている。そして、今の私では気づいていない微細な変化や感覚にも、気づけるようになるだろう。そう思うと、ますます生きやすくなるはずで、これからの未来がちょっと楽しみになる。

## 自分の先生が、私の後ろについている

# 2章　仕事のこと

# キャリアと生き方にからまる

## ――形を変えて何度も現れるサイン

長男を出産したのは今からちょうど11年前。勤めていた会社では、女性活躍推進の風が吹き始めた頃だった。私よりちょっと先を行くロールモデルとなる女性社員たちは、ダイバーシティミーティングで、女性が出産後に、いかに仕事に穴をあけずに、最大限に賢く家庭と仕事を采配していくかのコツを、とうとうと語っていた。私も、子どもを持っても働きたいなら、このような既婚女性社員と同じようにせねば！　ご迷惑は最小限に！と考えていたし、プライベートでは、家事や育児の外注、最新家電、ライフハックを駆使してこそと思い、日々、ライフとワークのバランスを取っていた。

しかしそれから4年後、2人目が生まれた途端に上手くいかないことが増えた。次男が1歳、喘息で入院した時（育休明け直後）、親の私も1週間のつき添いをした。幼児の入院は排泄の世話、ベッドからの転落防止、ぐずりなどもあるため、24時間1人にしておけないのでつき添い入院が必要になる。つき添い入院はなかなか過酷で、元気な親には、食事はもちろんベッドも風呂も提供されない。1週間交代する人がいない場合（当時の私）は、毎食が病院1階にあるコンビニご飯、お風呂は2日に1回（1時間だけ抜けさせてもらう）、就寝は子どものベッドで添い寝になるのだけれど、ぐずる息子をずっと抱っこしているので眠ることができない（現在は社会問題化）。親のこっちが病気になるわ！という環境で次男を抱きながら考えていたのは、私は自らの意思で現在の働き方を選んだと思っているが、本当にそうなのか、だった。

子どもが病気で入院しているが、普通に職場からはメールがどんどんくる。「お子さんが大変だろうけれど、余裕があったら……」。私は病室にパソコンを持ち込み、それらのメールを夜中に処理していた。育休明け早々に休ませてもらっているのだから、これくらいは当たり前だと思っていた。しかし、頭の片隅では、私が病室で仕事をしたという前例を作ることは、後輩女性たちにとって、同じ状況になった時に、同じように仕事をしないと働く意欲が薄いと評価されることになるのではないかとも、うっすら思っていた。

ダイバーシティミーティングでは、「会社に迷惑かけないようにやります。それでも無理な時は寝ずにやります」――そんな働き方をしてきたロールモデル社員を見せて、女性社員に「こういう覚悟のある人なら育休明けに復職してよし」と思い込ませていたのではないか。私は少々無理すれば、それができてしまうタイプだったので、そういったキャリアを選んでしまっているのではないか。結局、得するのはこのレースの主催者（会社）だけなのではないか、と病室でぐるぐる考えていた。

1週間ぐるぐる考えているうちに、次男は無事退院し、元の生活に戻った。その時に私が考えていたことは、結局、忙しい日々を送るうちに流されて消えてしまった。しかし、この時に考えていた、自分の働き方への問いは、2年後に再びやってきた。今度は、長男の小1の壁として現れた。

小学生になると、保育園とは違う世界が待っている。保育園は、子どもの〝お世話〟がメインのフェーズ。小学校は、子どもの〝教育〟がメインのフェーズ。管轄している省庁も厚労省（保育園）から文科省（小学校）に変わるくらい、実は大きな転換点なのだ。小学校は、保育園より開始が遅く終了は早いし、長期休みだってある。小学校と仕事のスケジュール調整、日々の宿題を見ること、学童の弁当作りや習い事の送迎など、小さなことをひとつひとつ親が対処していく必要がある。私は、そんな細々とした対応をしながら、「ああ、これは親側がフルタイムで働くことを絶対の条件にしている限り、子どもが無事で、健康で、問題がなければ乗りきれるが、ひとつでも、つまずくとなかなか厳しいぞ」と気がついた。単純に子どもの成長に伴う問題ではなく、私の働き方の問題でもあるのだと。

働き方やキャリアの問題は、生き方とからまっているので、その場しのぎの頑張りや対処で一見、乗りきれたとしても、乗りきれていなかった、と後からわかることがある。私の場合は、保活に始まり、2人目不妊、転勤の危機、次男の入院と小1の壁と色々とあった。これらの一点だけならば、どうにか乗り越えてきた。しかし、これらの問題は、それぞれ違うことのように見えていたが、根っこには同じ問題が潜んでいたのだった。それは、私の働き方が子育てとぶつかっているという問題。

親になった私の働き方、キャリアをどう選ぶのか。次男の入院時に頭をよぎったはずなのに、あの時は、そのまま流してしまった。姿形を変えて、何度も現れるのは、私の生き方に関わる問題だからなのだろう。子育てを一時的なものと割り切って、学童やシッターをフル活用して乗りきるもよし、思いきって時短勤務にするもよし、なんなら辞めてキャリアチェンジもよし。覚悟を持って自分の生き方を決めたら、もうその問題は現れないが、先送りにすればするほど、何度も姿を変えてやってくるのだ。それにやっと気づいた私は、今までとは違う働き方を選択することにした。

人生の大きな問い（生き方や働き方）が原因でからまっている時は、すぐにからまりの場所が見つからず、ほぐれないことがある。また、ほぐしたつもりでいて、別の場所をほどいただけのことや、対症療法で一時的にやり過ごしただけだったりする。でも、必ず、そのからまりは形を変えてあなたの元にまた訪れる。なぜなら、それはあなた自身の生き方の問題だから。何度も姿を変えた問題に直面するうちに、私たちはだんだんと、そのからまりの正体を理解していく。そして時が満ちれば、おのずとそのからまりをほぐす覚悟が決まる。覚悟が決まれば、行動が生まれる。その時まで、何度も何度も現れる、そのからまりと向き合い続けるしかないのだと思う。

## 生き方に関わる問題は姿を変えて、何度もあなたの前にやってくる

# キャリアのアクセル、踏み時にからまる

## ――回り続けるコマになる

私は現在アラフォーなので、ちょっと先を行く先輩たちが、何をしているのか、どんな状態になっているのかに興味がある。ちょっと先を行く先輩＝ひと回り上くらいで、50歳を超えていて、子どももそろそろ手が離れた年代の先輩。私はアラフォーで独立したため、会社員の頃と違って、このままキャリアを重ねて、この年代でこんな感じになるという見本がない。そのため、意識的に周りのロールモデルを見渡している。

周りの50代（会社員以外）を見ていると、これまでの生き方の積み重ねの結果、そろそ

ろ人生の方向性が定まってきている。私が20代の時に出会ったヨガ講師の先輩方（当時は30～40代）も、今や50～60代だ。私にとっては良いロールモデルである。そこで、この人たちの10年間のキャリアの変遷を振り返ってみようと思う。

◎Aさん（10年前はアラフォー、中学生を筆頭に3人の子持ち）公民館にて、週3回でママベビーヨガを教えている。自身のように30代で出産した人たちに慕われている。子育て中なので、この仕事量がちょうどいい。

◎Bさん（10年前はミドフォー、バツイチ再婚、高校生の娘あり）小さなヨガスタジオを経営。インストラクター数名（業務委託）を抱え、ティーチャーズトレーニングを積極的に実施。

◎Cさん（10年前はアラフォー、独身）大手スタジオに雇用され、いろいろなワークショップの講師やインストラクター指導もしている。自分がやりたいレッスンをするというより、与えられたレッスンを黙々とやるタイプ。

さて、こんな彼女たちは、10年後の今（50代）、どうなっているだろうか？

◎Aさん：ターゲットだった生徒層（産前産後や子育て中）と、Aさんの自身の年齢がどんどん離れていき、お客さんが減少。そんな中、コロナ到来。公民館も使えなくなり、レッスン自体がゼロへ。長い間休むと、離れてしまった生徒さんを呼び戻すのが難しくなり、現在は別のアルバイトをしている。50代半ばだからか、ヨガ関係の仕事が見つからないとのこと。

◎Bさん：ヨガスタジオは10年前と変わらず。7、8年前に、ヘッドスパのお店をヨガスタジオ隣にオープン。しかし流行らず閉店。その後、RYT200を取れる認定ヨガスタジオとして、スクール事業のほうに舵を切った。今はヨガスクール事業のアドバイザーとしても頑張っている。

◎Cさん：大手スタジオに雇用されている間に専門学校に通い、柔道整復師の資格取得。コロナで仕事が減ったので、独立して自宅に小さなスタジオをオープン。ヨガと柔道整復師のノウハウを組み合わせたレッスンをしている。長年、スタジオで教えていた生徒さんが近隣にたくさんいるため、集客には困っていない様子。

みなさんは、この3人を見てどう思っただろうか。この3人は、みんな性格は良い人である。Aさんは特に優しい。私がスタジオをオープンした時にも訪ねてくれた。しかし、そんなAさん、50代になった今、本人が好きなヨガの仕事で食べていけないという身も蓋もない現実がある。3人とも仕事をサボっていたわけではない。では、何がこの3人を分けたのだろうか。彼女たちの分岐点を考えてみる。

Aさんはずっと業務委託や公民館でインストラクターをしてきたので、アラフォー時点だけを見ると、Aさんは安全で堅実だった。しかし、50代の現状を見ると、もっともハイリスクな仕事のやり方をしてきたのはAさんに見える。一方、BさんやCさんは、現状に甘んじず、自分ができる範囲のチャレンジを、この10年間で行っていた。マッサージのお店を広げたり、スクール事業に転換したり、本業を補強するための国家資格を取ってきた。今がこのままは続かない、現状の延長線はないと思っていたのだと思う。Aさんは現状維持を続けていた。今がこのまま続くと思っていたのだろう。この認識の差が、彼女たちの分岐点になったのではないだろうか。とはいえ、Aさんの気持ちもわかる。「今、困ってないし」。困ってないなら、人はなかなか動けない。しかし、その快適な今のままでは、ずっといられないのだ。自分も歳を取るし、環境も変化する。今の困ってない状態は、少しずつ縮んでしまうのだろう。

人生の大先輩、林真理子さんが『野心のすすめ』（講談社）でこう言っている。「二十代で頑張った結果は三十代の人生に反映されるし、三十代に努力したことは四十代の充実感にそのまま比例します。四十代になってから、他人を羨ましがるばかりで『どうせ私なんかパートやるしかないじゃん……』と怒るのは間違っているんです」

彼女たちをロールモデルとするなら、教訓はひとつだ。時間とともに、周りの環境は必ず変わり、同じ現状は続かないということ。その教訓を胸に、少しずつ取れる範囲のリスクを取って、できることをやり続けるしかない。コマは回り続けるから倒れない。動的安定性。今できることの範囲でいいから、輪が広がるように回る。回り続けてさえいれば、横から風が吹いた時にも、アクセル全開で回るタイミングが来た時にも、ふらつかずに大きく回れるだろう。

## 現状はずっと続かない、動き続けていることで安定する

# 仕事の成果にからまる

## ――期待値を見積もる

数年前に、無人島にカヌーで行くというエコツアーに家族で参加した時に、「おー」と思うサービスに出合った。それは、カヌーそのものではなく、ガイドさんが好意で行っていたサービスだった。カヌーをえっちらおっちら漕いで、汗だくで無人島に着いた時、ガイドさんから「何か飲み物をお出ししますが、何がいいですか?」と聞かれたのだ。無人島なので、ペットボトルのお茶かコーヒーかジュースがもらえるのだろうと思い、何があるかと聞いたら、案の定、コーヒーやジュースを提供できると言われた。私と夫はコーヒーを、子どもたちはジュースを頼んだ。すぐに出てくると思い、浜辺で遊んでいると、後ろのほうからガリガリと音が聞こえてきた。何の音だと思って振り返ると、なんとガイドさんがコーヒー豆を手挽きで挽いていた。びっくり。しばらくするとコーヒーをドリップする音が聞こえ、淹れたてのコーヒーの匂いが漂い始めた。子どもたちの頼んだオレンジジュースも、コンビニで買えるようなものではなかった。ご当地名産のオレンジジュースを持参していたようで、コップに氷も入れて振る舞ってくれた。その手の込んだ飲み物は、無人島の潮風と、カヌーを漕いだ疲労感とが相まって、とても美味しく感じられた。

私はこのガイドさんの仕事ぶりを見て、期待値を超える仕事をすることの価値を改めて考えさせられた。もし、これが都内のホテルラウンジだったら当たり前のサービスだろう。私もホテルでコーヒー1杯に1500円を払うなら、淹れたてを入れてほしいと期待してしまう。しかしここは無人島。目的はカヌーであり、飲み物はあくまでサービスだった。

帰宅後、そのツアーのレビューを見ると、ガイドさんのホスピタリティや仕事ぶりが褒め称えられていた。私もその通りだと思った。それ以降、仕事をする時に気をつけているのが、このガイドさんのサービスで実感した〝期待値〟の調整である。

私が提供する仕事と、相手が期待している成果の差が大きければ大きいほど、相手は〝良い仕事をしてくれた〟と喜んでくれる。これが逆だと、相手は〝期待外れ、がっかり〟となる。私たちは自分が期待していることと、相手が期待に応えてくれることは合致するものだと思っている。しかしそんなことはない。自分が良い仕事をしたと思っていても、相手の期待値がもっと高いレベルに設定されていたら、良い評価はなかなか得られない。

仕事の成果が上手く出せない、良い評価がもらえないという悩みを聞く時、いつも思い出すのが、このガイドさんの淹れてくれたコーヒーの味だ。視点を自分から相手側に向けてみて、相手から何を期待されているのかを探ってみる。仕事の内容、時間、期限、費用、質……、仕事にはいろんな要素がある。相手が何を期待しているか、場合によっては、自分の現在の実力では、相手の期待値を超えられないと気づくこともあるだろう。もし可能なら、そういった仕事は断ることも大事だと思う。コーヒーは苦みもあるのだ。仕事が断れないなら、相手の期待値を下げる、今の自分が出せるパフォーマンスと合わせるように交渉する。期待値の調整だ。相手の期待値を適切に理解して酌み取ること、そして自分はその少し上を目指して仕事をすること、この2つが合致した時こそ、お互いの仕事に対する満足度は上がる。そう思って、私は、良い仕事をするべく、机に向かう。

**期待値を調整する。私の仕事に良い意味で落差を作る**

# 夢と現実にからまる

## ――経験が次のあなたの世界を広げる

経験のドアというものがある。そこに鍵はない。誰でも触れられるし、誰でも開くことができるが、ドアの向こうに何があるかは見えない。多くの人はそのドアの先に、自分にとって何か良いことがありそうだと知っている。何人かに1人は、そのドアをちゃんと開ける。開けて、どこかに行ってしまう。とても楽しそうだ。そちらへ行った人はみな、こう言う。「ドアを開けるだけだよ」。

私も開けてみたいけど、なぜか開けられない。いつか、機会があったらと思ってドアを見ながら毎日を過ごす。ドアの向こうは、あなたや私が在りたいと思う姿や、こうなったらいいなという未来である。ドアのこちら側は、現在の私の日常。「開けてみたい」と「開ける」の間には、何が横たわっているのか。そう、ドアを開けるという動作、アクション、行動だけである。

私は数年前まで、こんなことを言われても、ふーん、怪しい！と思っていた。「行動したか行動してないかだけが、あなたの境目を作る」というありふれた言葉は、何の役にも立たないと思っていた。だって、当たり前だから。みんな行動したくてもできない理由があるのだ。だが、そう言っていた私のドアは、開くことはなかったし、同じように言っていた周りの人のドアも開いてはなかった。

私は、5年前から働く母親が多く参加しているオンライン・コミュニティの管理者をしている。先日、その中のメンバーと食事をした。その時に、あの人もこの人も、5年前から大きく働き方や生き方を変えているという話が出た。例えば、会社員時代に始めた手帳作り活動をきっかけに、出版社から販売するまでこぎつけた人。自分でジュエリーブランドを立ち上げた人。細々やってきた仕事が法人化した人。そんな大きなことではなくても、理想の場所へ移住した人や、働き方のバランスをちょうどよく変えた人など、みんな現実にからまっていたのに、少しずつ自分なりの理想に近づいていると知った。

彼女たちは、どうやってからまりをほどいたのか。どうやって経験のドアを開けて、自分の理想に近づいたのか。5年分のエピソードを振り返って話を聞いた。

まずは、自分が開けたいと思うドアを触ることから始めた。とても小さな一歩。オンライン・コミュニティ内には、いろんなドアの前に佇む人々がいた。みんなで、自分のドアの触り心地を話す。こんな鍵がかかっている（ハードル）、こんなに重たい（時間やコストがかかる）、1人じゃ開けるのが難しそう（仲間が必要）……。そうやって話していくうちに、そのドアを開けるために、みんなが知恵を出し始める。三人寄れば文殊の知恵。そのうち「えいや！」とその中の数名がドアを開け始める。ドアを開けて、その先の世界に足を踏み入れる。後ろを振り返って、ドアを開ける時のコツや注意点を教えてくれる。

そしてみんな、こう言う。
「大丈夫！　ドアを開けるだけだよ」
その応援を胸に、次の私も、そっとドアノブに手をかける。

経験のドアは、私たちの前にいつでも存在している。ドアを開けた先に待っているのは、あなたの理想の世界と、ドアを開ける過程で成長した自分だ。1人で開けるのが難しいなら、同じようにドアを開けたいと思っている人たちの中へ行けばいい。そこでは、みんなが自分のドアの前に立っていて、その触り心地を確かめ、試行錯誤している。そのお互いの試行錯誤が、私のドアを開けるための弾みをつけてくれるのだ。

**経験ドアを開けたいなら、開けたい仲間と一緒にいる**

# やらなきゃいけないことにからまる

## ――やりたいことのコップを思い出す

やらなきゃいけないことが溢れると、1日の終わりに「あー、これもできなかった」というセリフに、しょっちゅう遭遇する。私のキャパというコップに対して入っている、やらなきゃいけないことが多すぎる状態。これが毎日続いていくと、やらなきゃいけないコップしか目に入らなくなっていき、日々は焦りで埋め尽くされてしまう。

大人になるにつれて、できることは増えてきた。できることは経験してきたことの証しだ。仕事のあれこれ、人間関係の微妙なニュアンスの理解、冷蔵庫の余り物調理や、役所の手続き、合う商品と合わない商品の見極めまで、できることは、大きなことから小さなことまで増えていく。大人としての役割も増えていき、気づけば毎日が、できるがゆえに、やらなきゃいけないことばかりになり、つい自分のやりたいことは後回しになる。ほかを優先しているうちに、だんだん自分のことに鈍感になっていく。子どもの頃は「あなたは何をやりたい？」という問いを、周りはたくさん投げかけてくれたのに、大人になったら誰もそんなことは聞いてくれない。自分自身に「私は何をやりたい？」と定期的に聞いておかないと、私は何が好きだったんだっけ？　何をやりたいんだっけ？と迷子になってしまう。

そんな日々を送っていると、やらなきゃいけないことのコップは、水が満タンなのに、やりたいことのコップは干上がっている状態になる。いやそもそも、自分の持つ、やりたいことのコップの存在を忘れている人も多い。毎日、忙しいのに充実感がない人は、やりたいことのコップが干からびている。水を入れないといけない。緊急事態。やらなきゃいけないことだけでは、心の栄養は足りないのだ。

〝推し活〟という言葉がある。俳優やアイドル、キャラクターなどの推しを様々な形で応援する活動のことだ。先日、X（旧：Twitter）のタイムラインを見ていたら、とあるイラストレーターさんが描いた、一コマの漫画が流れてきた。そこには「私、推し活はじめたの」「誰の？」「自分の」という会話が描かれていた。私はこれを見た瞬間、いい！これ！と思った。

推し活は、推しがやりたいことを応援する活動だ。自分で自分を推す。推しは何がしたいの？どんなことを喜ぶの？推しがやりたいことを聞いて、その活動を応援する。自分との対話、セルフコーチングだ。推しが仕事で忙殺されているなら、好きな食べ物や入浴剤などを差し入れして労る。お疲れなら、「少しお休み取って、やりたいことを楽しんでください」と自分を労る。

私は、自分のやりたいことのコップが干からびている時は、自分の推し活をする。すぐにできることといったら、お風呂に1時間入って、炭酸水を飲みながら本を読むこと、映画を見ることだ。発汗、発散。心の栄養。とてもスッキリする。時間が取れそうなら、旅に出る。ここ数年で訪れたのは、上高地、長崎、インド、台湾、ソウル、ケアンズ、タイ……。旅先の非日常が、私のやりたいことのコップを満たしてくれる。

私たちは、ついつい、やらなきゃいけないことのコップのほうに水を注いでしまう。仕方ない、そういう年代なのだ。家では家事・育児を担い、職場では中堅メンバーとしての責任を担い、お金も時間も、気づけばほぼ自分のためには使ってない、多忙な年代。だからこそ、定期的に自分のやりたいコップに水を注ぐのだ。干からびる前のメンテナンス。自分で自分を推してみる。その水が入ることで、やらなきゃいけないことも頑張れる。

## やらなきゃいけないことにからまる時は、心の栄養が足りてないのかも

# ライフとワークのバランスにからまる

## ――サバティカルタイムを取る

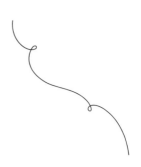

この春、夫は仕事を辞めた。健康寿命とキャリアを天秤にかけて、40代後半の数年を自主的サバティカルタイム（使途を決めない休暇のこと）として取得することを選んだのだ。〝サバティカルタイム〟という言葉は、最近市民権を得てきたように思う。私は2020年に会社を辞めた時に、自主的に2年間取得した（詳しくは『「40歳の壁」をスルッと越える人生戦略』〈ディスカヴァー・トゥエンティワン〉という本に書いた）。

夫は、いわゆるエリートキャリアを歩んできたタイプだ。中学受験をして難関私立中学に入り、そこから国立大医学部に進学し、医師免許を取って研修医となり、大学院に戻って博士号を取得したのちに臨床医になった。夫は慎重かつコツコツ物事を進めるタイプ。義母は、そんな夫の特性を見抜いていて、幼少期から国家資格の取れる職業をすすめていた。そして、今に至る。

医師という仕事は一見華やかそうだが、感情労働でもある。仕事で相手をするのは、一般会社員が出会うよりも多種多様な人々だ。しかも、みんな切羽詰まってやってくる。本性がより見える。医療関係者は、日々自分のメンテナンスをしていないと、どんどん精神力が食われていく。また医師には、24時間いつ呼ばれるかわからないオンコールと呼ばれる勤務形態がある。想像してみてほしいのだが、職場からいつ呼ばれるかわからない、という微妙な緊張感は、日々の生活のクオリティを確実に下げる（遠出やアルコール摂取などは難しい）。休んでいるのに休んでいない感じがする。

私も結婚後、遠出はしにくいし、子どもをちょっと見ておいてと夫に頼んで外出することも難しかった（病院から呼ばれたら、夫はすぐ仕事に出かけなければいけない）。これによって、私のワンオペ育児は加速していったのだが、夫の職種を伝えてもなかなかご理解いただけない部分なので、大っぴらには言ってこなかった。

夫は医師になって以降、そんな生活を送っていた結果、仕事の手技で酷使し続けた指が石灰化して痛みが続くようになり（仕事で毎日使うので、休ませることができない）、二度ほど手術をした。また、常に微妙な緊張状態が続いているせいか、不整脈が悪化して心臓カテーテルの手術もした。20代〜30代前半を若さで乗りきっていた分のツケが、40代で回ってきたような感じだ。勤務医は、勉強し続ける知的能力だけでなく、圧倒的に体力がいる仕事だ。長時間労働で疲れやしんどさが取りきれていなくても、すぐに次の出社時間はやってくる。

「仕事、一回辞めたら？」

ここ1〜2年、私は夫にそう言っていた。しかし夫は、何も返事をしなかった。たぶん彼なりに、仕事を辞めて手に入る時間や経験と、学生時代から築いてきたキャリア、収入を失うこと（男としてのプライドも）、一度辞めると元に戻れない医局人事などを天秤にかけて、答えが出せなかったのだろう。

その一方で、夫はここ数年、会社を辞めて仕事を自らが作る苦労はあるものの、のびのびと生活している妻を横目で見ていた。

独立後の私は、勤務時間が固定されなくなったので、朝は子どもたちを登校の集合場所まで見送り、夕方は子どもたちが帰る時間までに仕事を終え、安い時期に旅行に行き、これまでとは違う人脈の人たちと会い、好きなことを勉強して、適度に運動をして、ますます健康になっていた。

私は再び夫の背中を押した。

「人生は一度しかない。場当たり的に身体を調整しながら、そのまま医師をやっていくのか。何のために生きているのか。これまで、何のために勉強してきたのか。医師免許があれば、数年休んだところで、また仕事に戻れるのではないか。65歳で医局人事を終えて、そこから好きな山登りをして子どもと遊ぼうと思っても、もうあなたの体力ではきっと山も登れないし、子どもは成長していて遊んではくれない」

この春、夫は仕事を辞めた。数年かけて考えが変わったのだろう。彼は必死に働いてきたので、数年くらい無収入でも生活することはできる。わが家はもともと夫婦別会計であるため、彼の精神的・金銭的負担も少ないだろう。彼は今、毎日子どもを見送り、いつもより長く犬の散歩へ出かけ、水泳と筋トレを始め、睡眠をよく取っている。平日の人も少なく安い時期を狙って旅の計画を3つほど立てており、積読の山から本を抜き出して毎日1冊ずつ読んでいる。彼は仕事を辞めるという大きな選択とトレードオフで、時間を手に入れた。彼の選択が良いとか悪いとか、誰も評価できるものではない。その答えは、彼が人生を終える時に、自分だけの答えとしてわかることなのだろう。

夫は、40代後半の健康寿命がまだ尽きていないうちに、世間によしとされる生き方を降りて、周りの人が当たり前だと思っている場所から出て、ずっとやりたいと思っていた空想の道を、やったことのある道にするべく、自分の足で歩き始めた。そして、そんな彼を、今度は私が横目で見ている。

**夫婦におけるキャリアの葛藤は、**
**お互いのタイミングをずらすことでカバーできる**

# 歳を重ねる不安にからまる

## ――「得る」から「渡す」へ、フェーズが変わる

子どもが眠りにつくかつかないかのその耳元で、「明日はもっと楽しいよ」と言う。子どもが生まれてからずっと言っているので、この11年、この言葉を一番聞いているのは、私だ。明日はもっと楽しい。昨日より今日より明日はもっと良い日になる。そう言って、聞いて私は眠りにつく。

歳を重ねるとなぜか不安になる、このままでいいのか迷うという人が周囲に増える。なぜなのだろう。このままの自分では、変化していく時代にどこか適応できないと感じ始め

るのだろう。そうやって自覚的に気がつくのは良いことだ。気づかぬまま歳を重ねて、絶対に自分を曲げない人もいる（ある意味、生きやすいのかもしれないが）。

発達心理学者エリクソンが、壮年期の発達段階として、アラフォー・アラフィフは、これまでは受け取る側であったが、これ以降は他者に渡していくことで発達するよと提唱している。この壮年期を上手く乗り越えていくには、次の世代を育て、自分が得てきたものを渡すことだと言う。押しつけではなく、上手く渡す、譲る。それによって、ケアという新たな力を身につける。今まではゲームのやり方が変わる。少しずつ、自分の在り方のスタンスを変える時期が来ているのだ。これまでとは違う成長が待っている。このことに気がつかないと停滞し、頑固になったり、自分の人生を悲観してしまったりするらしい。

なるほどなあ、である。思考の新陳代謝。新しい環境や時代に頑張って適応しなくてもいい。もっとも簡単な方法は、自分の行動スタンスを変えること。得るから〝渡す〟へ視点と意識を変えてみる。適応するために何かをプラスオンしなくちゃ（知識、スキル、人づき合いなど）ではなく、自分が他人に渡せるもの（知識、時間、人の縁）を整理し、少しずつ渡していく。例えば、PTAや町内会など、近年嫌がられる活動を、あえて引き受ける。ずっとやっている役職を譲る。私が！ではなく、若年層や周りを主役にするお手伝いをする。

『親切は脳に効く』（サンマーク出版）という本によれば、親切な行動＝利他行動（自分でコストを払って他者の利益を優先する）は、脳に良い影響があるという。他者のために何かをすると、脳から、俗に幸せホルモンと呼ばれる、ドーパミンやセロトニン、オキシトシンが分泌される。これらのホルモンは、心臓や血管を守り、気分を安定させ、老化を遅らせると言われている。注射して打ちたい！という人が多そうだが、人に親切にするだけで勝手に自分の脳から出てくれるわけだから、コストゼロだ。お得なアンチエイジング。また、人に親切にすると、ありがとう、助かりました、とお礼の言葉が返ってくることが多い（そのためにやっているわけではないですよ）。これもまた、人の脳は、他者から良い評価を受けると、脳の報酬系が刺激され喜びを感じる。他者に渡しているつもりで、私たちは、大きな返礼品を受け取ることになる。渡しているつもりでいて実はもらっているのだ。これは百貨店でも売ってない。

歳を重ねることを不安に感じたら、思考の切り替えが必要なサインなのだと思う。得るから〝渡す〟へのスイッチをオンにするのだ。渡すことが、私を変化させていく。私は、変化していく自分が好きだ。変化する、昨日より少し違う私に出会う。

「明日はもっと楽しいよ」の言葉の意味は、明日楽しい出来事が起きるとか、誰かが私を楽しませてくれるよ、という意味ではない。明日は、昨日より少し変化した（子どもの場合は成長かも）自分に会えるから「楽しいよ」なのだ。

## そろそろ、他者から「もらう」ではなく「渡す」フェーズへ。

### 新しい場所と役割を楽しむ

# 3章　お金のこと

# 収入と支出のバランスにからまる

## ――私の「欲しい」を棚卸しする

お金は貯めるより、使うほうが難しい。貯めるのはみんなだいたい同じ方法でできる。貯めるためのノウハウも溢れている。先取り貯金、固定費の見直し……。知識と仕組みと自制心があれば、貯めることはそこまで難しくはない。難しいのはお金の使い方のほうだと思う。

日本は、モノを売るためのマーケティングや広告が優れているので、コンビニに行けば季節限定スイーツといった魅力的な新作のあれこれに目を奪われ、電車に乗れば「あなたの歯並び大丈夫？」と不安を煽られる。雑誌を見てもＳＮＳを見ても「あれを買え、これを買え、それを買え」と追い立てられる。なんとなく見ていたインスタグラムで、欲しかったわけでもない洋服を買ってしまうことも、あるあるだ。

贅沢をしているわけじゃないのに何だかお金が足りない、と感じるのには、2つの理由がある。〝相対的欠乏〟と呼ばれる、みんな持っているのに私だけ持ってないからくる不足感と、〝絶対的欠乏〟と呼ばれる、最低限の暮らしにまつわる衣食住の費用が足りてないからくる不足感。この本を手に取ってくださるような方は、衣食住に困っているという人は少ないはずなので、相対的欠乏感からくるお金がないに遭遇した経験を持つ人のほうが多いのではないかと思う。

20代の頃、私は高級腕時計を買った。今振り返れば、その購入動機は相対的欠乏感だったと思う。会社の同期たちは、みんなボーナスをもらうたびに良い時計を買い始めた。ロレックス、オメガ、エルメス……。そんな同期たちの姿を見て、私も入学祝いに親からもらったアニエス・ベーをつけている場合ではない！と奮起した。デパートの時計売り場に行き、思いきってオメガを買った。24歳の冬。しかし、その時の店員さんに「一生物ですね」と言われた時計は、アラフォーの今は全然つけてない。ここ5年、私の時計はＡｐｐｌｅ Ｗａｔｃｈだ。私に必要なものは、睡眠スコアを測れ、スケジュールをアラートしてくれて、歩数を教えてくれるＡｐｐｌｅ Ｗａｔｃｈであって、それで十分満足している。

きっと過去の私のニーズも、本当は、そういった機能性にあったのだ。その証拠に、そのオメガを仕事以外でつけることはなかった。そもそも時間はスマホで見ているし。でも、当時の私は自分がわかっていなかった。みんなが持っているから、その時計を絶対に欲しいと思っていた。オメガのほかにも、カルティエの時計やヴァンクリーフ&アーペルのネックレスも買ったことがある。みんなが持っているから欲しくなった。買えないと、買えない自分が寂しくなる。だから無理して買ってしまった。時計の話をしているが、洋服や旅行や家や車もみんな同じだと思う。本当に、私はそれが欲しかった？

自分が何にお金を使うと満足するかが、ぼんやりしていると、相対的欠乏感を抱きやすくなり、周りが持っているものが良く見える。それらを買っても真の満足はできず、また次の話題のものが欲しくなる。いくらお金があってもきりがない。

みんなが欲しがる人気のあるものや、良さそうなものを探すより、自分の〝欲しい〟を研ぎ澄ましていくことのほうがずっと大事だと思う。Apple Watchの機能性に満足する私は、50万円のカルティエを買うより、5万円のApple Watchを10回買い替えて、一生使い倒すほうが満足するタイプ。私が、このことに気づいたのは30代半ばだ。ずいぶん、無駄な買い物もしたし、今でも時々その頃に買ったものを見て、なぜ私はこれを……となることもある。逆に人から「高っ！」と思われても、自分が満足していて気持ちよく使えているものもある（私は肌触りを優先して一足3000円の靴下も買うが、人によっては信じられないだろう）。

収入と支出のバランスに悩むことがある。衣食住に困っていないのに、お金の出入りのバランスに悩む時、それはお金の問題ではなく、自分の欲求に関わっているのではないかと思う。その欲求は、相対的欠乏感からくる〝欲しい〟ではないだろうか。あの人が持っているから、みんなが欲しがっているから。私は本当にそれが欲しいの？　なんで欲しいの？　こんな問いが、私が満足する〝欲しい〟の答えを導いてくれる。満足する支払いには、後悔も、もっと欲しい、もついてこない。お金のバランスに悩む時は、自分の欲求を見直す時なのだと思う。

**お金は貯めるより、使うほうが難しい。あなたはどこで満足している？**

# 学びに使うお金にからまる

## ――支払うコストは2種類ある

私は今、大学院（博士課程）にて、オンライン・コミュニティの研究をしている。3年前に、まずは修士課程（2年）に進学した。2年間でかかった費用は、入学金が28万2000円、授業料が53万5800円×2年間（国立）で、だいたい135万円だ。さすがに20年近く働いてきたので払えない金額ではないが、社会人の場合、かかる費用はこれだけではない。見落とされがちだが、〝機会費用〟がかかってくる。機会費用というのは、ある選択肢を選んだ時、別の選択肢を選んでいれば得られた可能性のある利益のことを指す。

私の場合、大学院に通う間の仕事はセーブしている。そのため、もしその時間を仕事に充てていたら、得られるかもしれない稼ぎやスキル・経験を得ることはできない。これも、学びのための支払いの一部と言える。捕らぬ狸の皮算用の逆バージョン。

私はさらに博士課程（3年）にも進学したので、最短でもあと、授業料×3年、約160万円かかる。仕事もセーブする……計算すると怖いので、そっと計算機を閉じる。私にとっては、これだけ費用を払っても、得られるものが大きいと思い進学しているが、この決断はいきなりできたわけではない。

会社員の時は、機会費用としての時間捻出や給与減ができなかったので、大学院進学はあきらめていた。しかし、2020年に独立し、その後2年間でどうにか自分の仕事（ヨガスタジオ「ポスパム」、オンラインショップ「so・in（ソワン）」、執筆活動、音声配信など）を作ってきたら、機会費用の見込みも立ったので、大学院進学を決めた。周囲からはそう見えないかもしれないが、いきなり決断したわけではない。コツコツと流れを作って準備をしてきたのだ。

学びに使える費用にからまる人は多いと思う。私も昔からよくからまっていた。ヨガや片づけの資格をいくつか取っているが、いつも受講費用＋機会費用を考えて、受講できるか？と悩み迷っていた。見えやすい受講費用に加えて、機会費用として、子どものベビーシッター代など、私が不在の間に担当している家事・育児に関するコストを支払う必要があるからだ。ある選択を選ぶために払うコストや時間をどうするのか問題。あきらめるのは簡単だ。だけど、あきらめたら試合終了。あきらめたくないから悩むのだ。

学ぶことのコストはどんどん下がっている。インターネットが発達した現代では、お金をかけなくても学べることが多いし、コロナ禍のおかげで移動コストがかからないオンライン受講も増えた。そのため、使うお金（受講費用）と失うお金（機会費用）を分けて考えてみると、前者が軽くなっている分、後者のやりくりが重く感じる。特に社会人は大変だ。仕事、家庭、みんなそれぞれ事情がある。機会費用の濃淡も違う。

受講費用にからまる時は、費用をかけずに学べないかを考える。例えば、学びたいことに関係するアルバイトをしてみる。給与は低くていい、目的は経験・スキル報酬なのだから。カフェ経営を知りたいなら、簿記3級を取る前にカフェでバイトしたらいいのだ。

機会費用にからまる時は、私はその学びを選択することで、何が得られないのか失うのかを書き出してみる。仕事を減らすと給与がいくら減るのか、ベビーシッターを頼むなら総額でいくらかかるのか、家事時間がなくなって外食が増えるならそのコストはいくらなのか。受講費用にプラスオンでその費用を捻出できるなら、受講する。難しければ、費用を用意できる目途を立てた後に再チャレンジする。いや、今しかないと思うなら、将来取り返せる投資として（資格取得なら、取得後に給与が上がる見込みがあるなど）、チャレンジするという選択もありだ。

また、いきなり大きな決断で失敗するのが怖い時は、小さく細かくやっていく。整理収納アドバイザー1級の申し込みをする前に、半日ワークショップに出てみる。小さな学びで大きな学びへの弾みをつける。たとえ、合わなくても損失は少ない。私は、ヨガの資格取得の時、最初は小さなスタジオのワークショップに出ることから始めた。試食的な学び。私はそこから、ステップアップでいくつかのヨガ資格を取り、最終的にRYT500（全米ヨガアライアンス500）の資格を取得した。10年単位の話だが、小さくチャレンジしてきたからこそ、〝いざ！　その時〟の費用の目安や準備ができたと思う。少しずつ何度も調整してきた経験は、その後の大学院進学の決断の時にも、大きな一歩を踏み出すジャンプ力になった。

学びの山が高く見え、費用負担を重く感じることはある。あれこれ考えていると、私には、やっぱり無理かなと弱気にもなる。そんな時は、まず分解して考える。大人の学びの費用は2種類あり、その2種類を分けて考える。それでも少しハードルが高い時は、小さく試すことから始める。大人の学びは、今の自分が払えるお金を使い、今の自分にちょうどいい学びを選択することが、長続きするコツだと思う。

## 学びに「使うお金」と「失うお金」、その両方のバランスを考えて

# お金がないからできないにからまる

## ——小確幸につながる使い方

10歳の息子が、自転車のチェーンにちょっとでも足が触れると、服に油がついてしまうという話を始めた。はて?と思って見てみると、マウンテンバイクはチェーンがむき出しになっているから、チェーンのメンテナンス用の油を塗ると、自転車を漕いでいる間にズボンの裾がチェーンに当たって汚れてしまうのだとわかった。ママチャリなら、チェーンはがっちりカバーをされているからそんな心配はないのだが、マウンテンバイクはむき出し。見た目と機能のトレードオフである。何か方策はないかと、10歳と2人で自転車店へ行く。店員さんにこの件を相談したところ、チェーンカバーをつけることをすすめられた。

これで油はつかない。ママチャリ方式である。チェーンカバー自体は1600円程度だが、工賃が3000円なり。消費税込みで約5000円の費用がかかると言われる。10歳は「高いよね？ いつも乗るわけじゃないから我慢もできるよ」という顔でこっちを見る。さて、みなさんならこの5000円をすぐに出す？

私は、お金の価値を最大限に発揮していると思うことのひとつに、日常のささいな不便を瞬時に解消できることをあげたい。たくさんお金を払う高級焼き肉は美味しい。しかし、私にとっては高級焼き肉より、満足度を高めてくれるのは、こういった日常のちょっと不便、ちょっと困ったを瞬時に解決してくれる支払いのほうだ。地味だけど、確実な日々の幸福を支えてくれる。金額はいくらでもいい。こういった時に迷わないだけの心の金銭的余裕を持つことのほうが、資産○億円よりずっと価値があると考えている。

「小確幸《しょうかっこう》」という言葉がある。村上春樹さんのエッセイ『うずまき猫のみつけかた』（新潮社）に出てくる。小さいけれど確実な幸せ。――運動した後に飲み干すビール、日干しされた後のお布団、使いやすいちょっといい包丁とか――春樹さんは、『小確幸』のない人生なんて、かすかすの砂漠のようなものにすぎない」とまで言っている。

私は、お金の使い方にもこの小確幸があると思っている。そう、さっきの自転車のチェーンだ。我慢すれば乗れる。こちらが気をつけ続ければ服は汚れない。でもちょっと不便。こういったことを解決してくれるための小さなお金の使い方。小確幸のための支払い。それがあると生活を快適にちょっと彩ってくれるものなのだ。

お金がない時、一番にあきらめるのが、自分の不便さや困り事を解決してくれるための支払いだ。とりあえず大きくは困ってないから我慢できる。我慢すれば使える。でもこの不便さや我慢は、じわじわと快適さを奪っていく。小さな幸せほど得にくく失いやすい。お金はあるけど少々のことは、もったいないと言って我慢する人もいる。この場合、小さな不便さを我慢してお金を貯めるほうが優先されているわけだ。

お金があるとかないとかではなく、持っているお金の中で、小確幸につながるお金の使い方をしている人は、お金の使い方を知っている人だと思う。お金は得るより使うほうに、その人の人生哲学が出る。お金の量は関係ない。不便さを即座に解決して（例えば自転車のチェーンカバーのように）、自分の小確幸を連れてきてくれるもの、それらに気持ちよく支払いをできることを、私は大事にしたい。

## 小確幸につながる支払いは、日々の生活の心地よさを生んでくれる

# 投資にからまる

## ――私のリスク許容度を知る

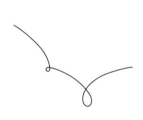

世の中はリスクを取る人が一番大きな果実を得るようにできている。これは投資の世界でも、ビジネスの世界でも、当たり前の常識である。リスクのないところにリターンはない。イーロン・マスクはお金持ちだが、大きなリスクを取っているはず。しかし、誰もがイーロン・マスクのように、ハイリスク・ハイリターンな投資行動はできない。

資産を作る時、投資商品や手法を選ぶ前に、自分がどのくらいリスクを取れるのかを決めることのほうが大事だ。つまり、自分の取れるリスク許容度を知ることだ。リスク許容度とは、収益（リターン）がマイナスに振れてしまった場合、どれくらいまでならマイナスになっても受け入れることができるか、という度合いのことである。どのくらい、失うかもしれないお金に寛容な気持ちでいられるか。これは人によって全然違う。資産の作り方や投資の方法は、ネットでも書籍でもたくさん情報があるが、自分にはどの程度のリスク許容度があるかは、ファイナンシャルプランナーでも教えてくれない。

例えば、同じ職場にいるアラフォーのAさんとBさん。子どもが2人いて、キャリアも家族背景も似ている。だからといって同じような資産形成が適しているかというと、そうではない。Aさんはリスク許容度が低く、Bさんは高いとする。2人とも、注目のNISAを今年に入ってから始めた。ドルコスト平均法で、毎月一定額を購入予定だ。オルカン（「eMAXIS Slim全世界株式（オール・カントリー）」の略称で、初心者に大流行）なら大丈夫と聞いたので、毎月5万円ずつ購入することにした。しかし、Aさんは投資したお金が気になって、毎日職場のトイレで証券会社のアプリを見てしまう。少しでも評価額が下がると、このままでいいのか気になる。日々時間も取られるし、心臓に悪い。QOLも下がる。一方Bさんは、増減があんまりないな〜、このペースで資産が増えるのは20年後くらいか。もう少し波があってもいいから増える方法がないかしらと思う。同じような生活、職場、家族、資産形成スタートの2人でも、リスク許容度が違うと見える世界も違う。

100万円投資したとして、一時的に50万円下がっても耐えられる人もいれば、5万円でも嫌な人はいる。ただし、リスク範囲はリターン範囲とも連動している。50万円失う可能性のあるものは50万円増える可能性もあるが、5万円の場合は、リターンも最大5万円程度しかない。現在の私のようにリスク許容度が高めのタイプなら、会社員からの独立(仕事がなくなると路頭に迷うリスク)や、不動産投資(銀行融資、入居や天災リスクあり)、海外の株や個別株購入(為替、暴落リスク)も、やることができる。しかし、リスク許容度が低めなら、投資はやめて預貯金や元本保証されたものが選択肢になる。

また、リスク許容度は、知識と経験からも変化する。私も最初からリスク許容度が高かったわけではない。10年以上前に個別株を購入したところから、私の資産形成、投資行動は始まった。もちろん最初はドキドキしていた。これ、減っちゃったらどうしよう、株価の暴落が来たらどうしようと。しかし、購入すると世界情勢や投資情報に敏感になり、だんだんと知識や経験が増えていく。知識が身についてくると、一気に買うのではなく、分散購入してリスクを下げようなど、リスクに対応する行動が選べるようになる。そうすると、リスク許容度は広がる。

そもそも、どのくらいの資産が欲しいのか、なぜ投資したいのかが明確ではない人も多いと思う。そんな人は、まずは、いくら欲しいと考えるより、自分のリスク許容度を考えることをおすすめしたい。どのくらいなら減ってもいいから、投資してみようと思える？まずそこから、〝できる〟投資方法が決まってくる。そしてやがて、自分のリスク許容度に合った投資方法が選べるようになるのだ。

## 自分が許容できるリスクとリターンのバランスを知っておこう

# 無料にからまる

## ――私の良いものを見る目を育てる

お金のルールは細かく決めていないけれど、生活全般＋お金に関わるルールでひとつだけ守っていることがある。それは、無料のモノをもらわないということだ。笑顔で差し出されるラップやタオル類、普段使わないメーカーのボックスティッシュ、ホテルのアメニティ類、化粧品やお菓子の試供品。商品を買うとついてくる販促品類、イベントで配布されるエコバッグなどなど。あれば使うかもしれないが、なくても困らないそれらのモノ。それらを手渡される3分前までは、自分にとって必要かどうか、考えたこともなかったモノたち。

多くの人は、なんとなく「じゃあ」と思い、もらっていくのだろうけれど、私は数年前から、これらの無料のモノをもらわないことにしている。お気持ちだけと言って断る。
これらのモノを持ち帰っても、困るわけではないし、子どもからすれば喜ぶ品かもしれない。でも遠慮している。なぜか？　無料は一見魅力的だ。相手の好意も上乗せされているし、支払いもないし、良さそうに見える。しかし、ここには2つの〝無料の罠〟が隠れているからだ。

1つ目は、それを家の中のどこに置くのか、という置き場所に関する罠だ。いったんモノを自宅に持ち込むと、モノを置く場所、住所決めが発生する。自分が欲しくて買ったものであればまだしも、予定外でもらったものには、置く場所がない。キッチンカウンターやリビングテーブル、とりあえずの場所に仮置きしてしまう。この仮置きは意外とくせ者。気づいたら積もり積もって地層化してしまい、これ片づけなきゃと悩む時間も発生してしまう。

2つ目は、自分の好きなもの、自分の大事なものを〝選ぶ〟という行為が、無料によって惑わされてしまう罠だ。私たちは身銭を切って購入することで、自分好みを見つける選択眼が肥える。しかし、ここに無料が入ってくると、自分の選択で選んだものと無料のモノが混ざり、自分の欲しいものを見る目は惑わされる。おまけに、欲しかったわけではないものは、たいてい時間が経つと、「これはもういらない」と気づき、どうする？　誰かにあげる？　捨てる？　じわじわと私を悩ませてくる。最初から、もらわなきゃよかったのだ。

自分が満足のいくものにお金を支払いたいと思っている、良いものを選べるようになりたい人は多い。私もそうなりたい。そういう場合、まずは何かを選んで取りに行くよりも、無料のモノをもらわないルールがいいと思う。やり始めると気づくのだが、驚くほど世の中には無料でもらえるモノが溢れている。私たちが気づかぬ間に、それらは家の中に入り込んでいる。たとえラップひとつでも、いつも使うメーカーとは違うものをもらうと、正直なところ使いにくい。無料かもしれないが、使いにくさを我慢して使うという手間を支払うことになる。

お金を使って快適な暮らしを整える前に、お金を使わないけど、自分から何かを奪っていくものを意識的に減らしてみる。置き場所に悩む時間、ものを選ぶ選択眼、使いにくさの手間……、目に見えないけど、無料の代わりに私が支払うもの。ここでは、無料のモノをもらわないというマイルールに触れたが、ほかにも、ポイントカードを作らない、会社で配られる個包装のお土産をもらわない、といったルールもありだと思う。あなたに合いそうな、〝あえてもらわないルール〟を作ってみるといい。想像以上に快適なことに気づくはずだ。

## 無料でもらえるモノを家に入れないことで、ものを見る目が育つ

# 損したくないにからまる

## ――失敗を許容する力に気づく

私は会社員として16年間働いていたので、固定給をもらって生活をすることが身に染みついていた。毎月25日に当たり前に振り込まれるお給料。ところが、独立してからはそんなものはない。自分で自分の仕事を作り出し、売り上げを作り、経費を引いて処理することが求められるようになった。自分の報酬は自分で決めるし、今のうちにこのくらいの金額を先に投資して新しい事業の種を蒔いておこうかなど、すべて自分で考えて行うようになった。会社員時代とはお金の流れも扱い方も違う。そうこうしていくうちに、お金はあくまでツールなんだなと改めて思うようになった。お金には、ものやサービスと交換するという機能、ものやサービスの価値を測るという機能、貯めておけるという機能などがある。その機能をどう使うか、活かすも殺すも私次第だ。

私が実感しているお金の大事な機能のひとつは、失敗を許容する力を持つことだ。その力はお金に余裕がある時に発揮される。リスクを取ることに対する心理的障壁を下げ、失敗を学びや成長の機会として捉えることを可能にしてくれるのだ。

例えば、10万円の新製品パソコンを試したいとする。10万円で購入したパソコンが期待以上の良さをもたらしてくれたなら何も問題はないが、もし期待以下や全然使えなかったら、10万円を失ってしまうことになる。もし手元に10万円しかなかったら、次のチャレンジもできないし、損した・失敗したという気持ちになる。寂しい。しかし、手元に100万円持っていたらどうだろう。10万円は上手くいかなかった勉強代として、次に別の20万円のものを試してみようという気になると思う。10万円を失った時の捉え方が、お金の余裕の有無で異なってくる。これが、お金が持つ失敗を許容する力だ。

え？　お金をたくさん持っていればいいってこと？　いや、そうではない。お金をたくさん持っているからといって、失敗を許容する力を上手く使えるわけではない。お金の貯める機能ばかりに目が向いている人もいるし、どうやったら、お得に交換できるかしか見ていない人もいる。いくらお金を持っていても、人はお金を失いたくないと思うと、チャレンジや変化に消極的になる。そんな人にとっては、お金を使って期待した結果が得られないことは全部、ただの失敗であり、損した気分だろう。お金の余裕は条件だが、それを、失敗を許容する力として使うかは本人次第だ。

私は、毎月一定金額を、失敗を許容する予算として取っている。あらかじめ予算を作れば、新たなことを気軽に試せるし、それがいまいちでも「まいっか」と許せる。最近、新しいキーボードを購入して試したが、私には合わなかった。文字を打つ時の指の感覚がちょっと遠く、文字がスムーズに打てない。でも、これは失敗ではない。失敗を許容する予算の消化だ。また別のキーボードを試すと、いい感じだ。私の記憶にメモされる。「〇〇社のキーボードは私の指には遠すぎてイマイチ。似たような商品は気をつけるべし」。使わなかったキーボードはメルカリへ行った。

お金は失敗を許容してくれる。それを知るとお金の使い方が上手くなると思う。失敗を許容するための予算があれば、自分の判断や直感でお金を使うことに迷いがなくなるし、チャレンジの機会が増え、良い結果にたどり着く回数も増える。たとえ上手くいかなくても自分の経験、知見も増える。どっちに転んでも、お金がツールとして役立ってくれる。

**失敗を許容するお金の力を考えてみると、生きたお金が使えるようになる**

# いつかの不安にからまる

## ——「いつか」と「今」のバランスを

ラストエリクサー症候群という言葉がある。ＲＰＧゲームにおいて希少なアイテムを温存したまま、使わずにクリアしてゲーム終了になるプレイスタイルを表すものだ。この現象に悩む人は多いらしく、ネット検索すると「ラストエリクサー症候群、治し方」などの検索ワードが上がってくる。やっとゲットしたアイテムを使わずにゲーム終了なんてもったいないからだ。しかし、これはゲームの話だけでなく、私たちの人生にも同じことが言えると思う。お金を貯めたまま、「いつか使うべきタイミングが来るかも」と思いながら使わずに人生を終えてしまう人が多いのではないだろうか。

私の母は、70代で年金暮らしだ。預貯金も今後の生活には困らない程度にはある。時々、電話越しにこんな話をする。「年金が少ないからやりくりが大変」。私はすかさず打ち返す。「自宅のローンも終わっているし、1人暮らしでしょう？（父は他界）貯金で補填したら余裕で暮らせるよね？」と確認する。すると、母は「年金だけでは10数万円なのでやりくりが厳しい」と返ってくる。「光熱費に携帯代、食費も払って……」とやっているとギリギリだと言う。「そのために、預貯金してきたんじゃないの？　毎月5万円ずつ取り崩しても、年間で60万円。10年で600万円。20年で1200万円。それくらい持っているでしょう？　ほかにも保険とかあるよね？」と具体的な数字を並べてみる。

しかし、母は未来の不安をとうとうと述べる。「いや、もし老人ホームに入るなら支度金がいるし、今後、家の修繕費や引っ越し費用がかかるかもしれない。今まで以上に切り詰めて、年金でどうにかしないと。いつかのために、そう簡単に預金には手をつけられないわよ」と。この話を聞いた多くの人は、「えー、今使わなくていつ使うの？」と思うだろう。私もそう思う。母は私が子どもの頃は「お金は使い切って死ぬわよ」と言っていたのだ。父が亡くなる前も、「どうせ財産なんか残してもしょうがないんだから、旅行を楽しんで、計画的に使い切りたいわね」と言っていた。それなのに、いざ自分が年金生活になったらこれだ。いつかのため……。今、この武器は使えない。取っておきたい。典型的なラストエリクサー症候群だ。

若い頃は何とでも言えたのに、歳を取った途端、急に不安にかられてお金が使えなくなる人は、日本全国に多くいるはず。人間は不安を感じると、今の行動を制限してでも未来に備えようとする。今より未来が優先になる。生命の維持という本能がある限り仕方ないのだろう。とはいえ、大事なアイテム（お金）を使わずに、行きたい場所、食べたいものを我慢して、来るか来ないかわからない〝いつか〟を最優先するのは、もったいなさすぎる。

ラストエリクサー症候群の予防としては、目標を明確にすること、優先順位をつけること、振り返りをすること、第三者のアドバイスをもらうことなどが挙げられる。

目標を明確にする。例えば、残りの人生でこれだけはやりたいことを3つ決める。それは、できるだけ若いうちにお金を使ってでもやる。スペインへ行く。乗馬を習う。バリマッサージを受ける。3つだけと決めたら意外とできそうだ。

優先順位をつける。一気に3つやるのが不安なら、まずは1番目からやる。その後に振り返りをする。まずは乗馬に行ったら、とても良かったから、やっぱり2番目のスペイン、3番目のバリマッサージもお金を使ってやっておこうと思うかもしれない。

第三者のアドバイスをもらう。ちょっと先を行く先輩に、「お金を使わずに後悔していることはあるか？」と聞いてみる。先人の後悔は、私のサイフのヒモをゆるめるきっかけとなるだろう。


母の年金問題は母のお金なので、私は、ああしろこうしろとは言わない。言えない。でも、「今があるから、いつかがあるんだよ。その〝いつか〟で、あれをやっとけばよかったと思わないために、〝今〟お金を使ってもいいいんだよ」と、そっと切れた電話に向かって小声でつぶやく。やはり、お金は貯めるより使うほうが難しい。

ラストエリクサー、最後までアイテムを使わずに、私は死にたくなくはないので、お金を使ってやりたいことを、定期的にリストアップして眺め、使っていくこととする。

**いつかの不安に負けないために。いつかと今のバランスは、それまでのお金との対話が連れてくる**

# 4章

# 子どものこと、夫婦のこと、親のこと

# 「私ばっかり！」にからまる

## ——当事者意識を育てる

息子たちの小学校の個人懇談日程がかぶってしまった。わが家の息子は、小6の長男が私立小、小2の次男が公立小と別の学校に行っているため、日程が重なる可能性がある。今回は同じ日程になってしまった。そこで、次男の個人懇談には夫に行ってもらうことにした。夫にとって初めての個人懇談だ。書いていてびっくりしたが、本当に初めてなのだ。これまでは、私が仕事のスケジュールをやりくりして行っていた。息子たちは、日中の学校行事（懇談や参観日など）は「母親が来るもの」と思い込んでいたので、ちょうどいい機会だとも思った。「父でも母でも、どっちが行ってもいいんだよ」と。

働く親が、昼の2時〜4時に学校に行くのはハードルが高い。わが家は長男が6年生なので、これまで数多くの個人懇談に来る親を見てきたが、80〜90%は女性だ（つまり母親）。時々、夫婦で来ていたり、男性（父親）を見かけたりする。この昼間の時間に、学校に来られる父親が少ないことは、性的役割分業の存在を物語っている。男性の家庭進出がまだまだなのだ。育児の当事者になる機会も女性側に傾いている。

長男の個人懇談から帰宅後、夕飯を作っていると次男の個人懇談に行った夫が帰宅した。「どうだった？」と面談の内容を聞くと、彼はつらつらと次男にまつわるあれこれを語り始めた。家庭以外の、次男の〝別の顔〟が見られたようだった。

・次男は絵が得意だと思っていたが、図工で行う立体工作が上手いらしい
・笑顔がいい（これは保育園時代から毎回言われる）
・学校帰りに必ず花壇に寄って、育てているトマトやナスをチェックし、水をやり、雑草を抜いている（その姿を担任が見ていることに驚き）
・係の仕事を真面目にやっている（ちょっと意外）

担任からは、家庭での次男の様子や、次男に関する心配事はあるかと聞かれたけど、特にないと言ったとのこと。普段から子どもの学習や生活を見ていないと答えられない質問である。夫の家事分担は進んできたが、子どものスケジュール管理や宿題を見るなどはノータッチなので、答えられなかったのだろう。その日の夜、夫は次男に対して、「お父さんが個人懇談に行ったんだよ」と話し、先生が褒めていたことや、お父さんは次男のそんな一面を知らなかったことなどを伝えていた。次男は照れくさそうに笑っていた。

個人懇談自体はたった15分なのだが、働く親にとっては日中に、この時間を捻出するのはなかなか難しい。どうしても時間の融通をつけるのは母親になりがちだ。しかし、今回家の外にある子育てにまつわることほど、夫婦2人で分担したほうがいいと改めて思った。1人の親として、当事者として、子どもの対応をすることは圧倒的に当事者感が育つからだ。夫は校内用にスリッパを用意し、どこに出向いたらいいのかを確認し（次男のクラスの場所すら知らない現実）、自分で歩いて小学校に行き（車では行けない）、担任と顔を合わせて（この人が○○先生かと認識）、次男の保護責任者として、次男の現状を話し合った。ぐんぐん育つ当事者感。

個人懇談へ行く。こう書くとたったの7文字だが、そこには確認しなければいけないこと（時間や持ち物、交通手段、わが子のことを聞かれるので、わが子に関するポイント整理）があり、それにまつわる思考や準備が必要になる。こういった子育てにまつわる対外的作業こそ、育児の当事者になるスピードを速めるピースのひとつだと思う。

夫は個人懇談の帰りに校庭をぐるっと回って、次男が大事に育てているというトマトの鉢まで見てきたそうだ。校庭に立ちながら、何を感じたのだろうか。

わが家の場合、夫のほうが親になるスピードが遅かった。でも手遅れではない。キャッチアップはできる。当事者になるタイミングは、夫婦でずれることもある。私だって子どもを産んだ後すぐに親になったわけではない（法律的にはすぐだけれど）。やらざるを得ない、当事者にならざるを得ない、それを家庭内でも家庭外でも繰り返したことによって、親になってきたのだ。

育児の当事者になる機会は日常にある。しかし、私のようなアラフォー世代は、無意識に性的役割分業が刷り込まれていて、機会そのものを、女性側が〝私がやるのが当たり前〟にこなしてきてしまったのかもしれない。これまでも、私が無意識にやるものと思っていたから、夫に「懇談に行って」と言うことすらしてこなかったのかもと、次男と夫の話す背中を見ながら、思いを馳せる。ふとキッチンを見ると、次男が持って帰ってきたトマトがじっとこっちを向いている。「まだ間に合うよ」と言っているように見えた。

## 親は1日にして成らず。親も「親であること」を育むことが大切

# 家事・育児にからまる

## ——わが家にとってのケアの総量をほぐす

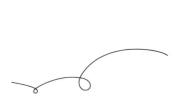

私は、買い物に行かない。日々必要な食料や日用品を買うためにスーパーやドラッグストアに行くことを、この11年間、ほぼしていない。子どもが生まれてから、わが家の家事・育児の中で何が一番しんどいかと考えた時に、私の場合、それは買い物だった。買うものを忘れずにリスト化し、往復の時間をかけてお店に行き、重い荷物を持って帰ってきて冷蔵庫にしまう。しんどいなあと思った。それ以来、食料品は生協、日用品はアマゾン、この通販生活を送っている。

ケアとはお世話、生活の手入れであり、目に見えないが、手がかかるものである。例えば、洗濯物や洗い物が片づいている、歯ブラシや洗剤、トイレットペーパーのストックが買いそろっている、賞味期限が切れる前に食材が上手く使われ、冷蔵庫のストックが補充されている。これらは、誰かが気にかけないと適切な状態には維持されない。すべてケア作業だ。他人へのケア、自分へのケア。結婚すると自分1人から2人に、子どもが生まれると3人、4人……と、家族の人数が増えていくとともにケアの分量も増えていく。

ケアの総量を膨らませるのは簡単だ。靴箱の掃除は1か月に1回より1週間に1回したほうがいいし、毎食栄養のある料理を作ったほうがいいに決まっている。花は飾らないより飾ったほうがいいし、洗濯物はきれいに畳むほうがいい。食材は毎回買い物に行って鮮度のいいものを選びたい。

確かにやったほうがいいことだ。しかし、それらを全部やっていくと、ケアの項目は無限に増えていってしまう。丁寧な暮らしに憧れるが、すべてを丁寧にすると、それを維持するだけで大変なことになる。

夫婦のどちらか一方だけが、家庭内におけるケアの総量や種類、やることを決めていると、家事・育児分担はもめると思う。「(私は)毎日10㎞走ることにしているのに、5㎞しか走らないあなたはずるい!」という諍いになる。

「いや、5㎞でええんや」「いや、10㎞走ったほうが身体にいい」

いやいや、10㎞のほうがいいかもしれないけど、1日は24時間しかないのである。

見えない家事や名もなき家事がチェックシートになった「見えない家事リスト」が普及しなかったのは、これが理由のひとつだと思う。週1回の掃除でいいと思っている夫と、毎日掃除をしたほうがいいと思っている妻——そりゃ、毎日掃除したほうが気持ちいい、妻は正論だ。しかし、そのペースで家事をしていると、掃除に洗濯に買い物……家事リストは積み上がるばかり。しかし1日は24時間しかないわけで、わが家はどこまでやるのか、何を優先するのか、どれを分担するのかを夫婦で合意していないと、総量に押しつぶされてしまうし、「10㎞だ、いや5㎞だ」とケアの押しつけ合いにもなってしまう。大事なのは、家事リストを作ってお互いがタスク完了をチェックすることではない。わが家の心地よい暮らしでは、「どこまでやるか」を決めることだ。必要なのは、家事リストよりも、わが家のケア適量リストである。

ケアの適量を決めるとは、わが家はどこまでやるかという話だ。私は買い物に行かないので（生協とアマゾンのみ）、平日に新鮮なお刺し身や生ものは食卓にあがらない。それらは外食時の選択になる。これをOKできる人とできない人がいるだろう。うちは家族全員がOKなので、買い物に行く頻度を減らして、ケアの総量を調整している。ケアの適量は、家族全員の意見を取り入れることが大切だ。

こうやって適量を調整していくと、家族にとっての大事なケアが明確になる。さらに、量を調整していくと、同時に質も調整される。毎日の掃除が無理なら、週に一度でも心地よさを感じられるようになるし、散らかりにくい家具の配置や掃除方法を見つけようとする。わが家が優先したいこと、なくても困らないことがわかってくる。こうやって、家庭というものができていくのだと思う。人それぞれの心地よい暮らしの在り方だ。

ケアとは、小さな積み重ねであり、そのひとつひとつが家庭を支えている。大きすぎるケアはしんどくなるだけだ。しんどい時こそ、「わが家のケアの適量は?」と自分に問いかけてほしい。からまってしまっている家事・育児項目を見直して、減らす・やめる・(誰かに)渡す――そうやって、少しずつほどいていく。わが家のケアの適量を調整し、自分たちの生活を守る。無理のない範囲でちょうどよく長く続けられることが、心地よい暮らしの秘訣だと思う。

**家事・育児をケアしすぎて、疲れてしまっては本末転倒。**
**自分と家族のちょうどいいを探して**

# 子育ての「え！」にからまる

## ――わが子がみんなと違っても

子育てをするようになってから、自分の子ども時代をよく思い出す。わが子を見ながら、ふと浮かんでくる記憶。私が小学生の頃、ランドセルは赤か黒しかなかった。同級生の深澤くんは変わった子だった。いつもいがくり頭で、半ズボンのポケットはパンパン。たぶん、石とか道で拾ったものが入っていたんだと思う。

30年前、彼のランドセルは赤だった。習字道具や絵の具バッグも赤。当時は、学校制定品を買う時に、赤か黒しか選べなかった記憶がある。必然的に、女子は赤、男子は黒を選んでいた。深澤くんは、赤いランドセルの子と保護者たちからは呼ばれていたし、同級生からも「お前、なんでランドセルが赤なの？　女になりたいの？」と、ぶしつけな質問をされていた。深澤くんの回答はいつもシンプルだった。「ぼく、赤が好きだから」。彼はそう言うが、いくら赤が好きでも、男子は黒か青が当たり前の30年前。深澤くんは、赤いランドセルの輝きと反比例するように、クラスで浮いていった。深澤くんには友だちがあまりいなかった。しょっちゅう土をいじり、石を集め、虫を触っていた。授業中は消しゴムに絵を描いていた。当の本人は、それはそれで楽しそうだった。

ある日の学校からの帰り道、友だち数人と話していたら、帰る方向が同じだった深澤くんがやってきた。深澤くんは、ふと思い出したように立ち止まり、「帰ったらお母さんとピザを作るから、みんなも来る？」と言った。深澤くんの家は、新築分譲マンションだった。私は、そのエントランスには何度も行ったことがあったが、実際に家の中に入ったことはない。見てみたいと思った私は、「行く」と答えた。結局、そこにいた4人みんなで深澤くんの家に行くことになった。「ただいま〜」と深澤くんが玄関のドアを開けると、腕の中に小さな赤ちゃんを抱っこしたお母さんが出てきた。

「あら、お友だち？　いらっしゃい」と、お母さんはニコニコしながら家の中に入れてくれた。日頃、深澤くんと特に親しいわけでもない4人。戸惑いながら、「お邪魔します」と中に入ると、お母さんが「リビングにおいで。手を洗って！　みんなでピザ作って食べようか」と、声をかけてくれた。

赤ちゃんを抱っこしてピザが作れるのか、そもそもピザってどうやって作るのか、ピザっておやつなのか、……よくわからなかったが、みんなとその場で目配せして「うん」とうなずいた。お母さんは、リビングテーブルの上にピザ生地をのせて、好きな形に生地を伸ばせと言う。そして、各自のピザ生地にトマトソースをかけてくれて、「好きな具をのせていいわよ」とトッピング具材を出してくれた。チーズ、ハム、ピーマン、コーン、パイナップル……パイナップル!!　パイナップルは果物じゃないのか？　ピザにのせていいのか？と4人が戸惑っていると、お母さんが「パイナップルをのせると美味しいのよ。さとし（深澤くん）が発見したのよね」と教えてくれた。恐る恐るパイナップルを選ぶ4人と、余裕でパイナップルをのせる深澤くん。お母さんはずっとニコニコしていた。焼き上がったピザとパイナップルの香り、温かい果物の甘さ、深澤くんの得意そうな顔、お母さんの「さとしは発見名人なの」と笑っていた顔。その情景を今でも覚えている。その後、深澤くんから誘われることはなく、彼は6年生の時に親の転勤で転校していった。

私は母親となった今、時々深澤くんの赤いランドセルとパイナップルのピザを思い出す。深澤くんのお母さんは、子育てにおいて覚悟を持った素晴らしい人だったのではないかと思うのだ。赤いランドセル、赤い習字道具、赤い……。今後、息子たちが世間一般と違うもの、親の想定と違うものを選択した時、私は、わが子をいいね！と肯定し続けることができるだろうか。深澤くんのお母さんのように、息子がその選択によって周りから浮いても、あなたの選択はいいね！と温かく見守れるだろうか。

学校で浮いても、赤いランドセルを背負っていた深澤くん。パイナップルのピザを得意そうに頬張っていた深澤くん。友だちがいなくても虫を探していた深澤くん。子どもはみんな、自分のどこかに、「深澤くん」を存在させている。深澤くんは、これが当たり前、それが普通といった尺度で見ると、簡単に消されてしまう存在だ。「普通は黒だよ」「普通はパイナップルなんてのせないよ」。私は親として、わが子から深澤くんの存在を消そうとしていないだろうか？　そんな戒めとして、私は時々、彼の赤いランドセルを思い出す。

## 子どもの、好きを推し続ける親でいたい

# 思うようにいかない子育てにからまる

## ――途中でジャッジしない

「鬼から電話」というアプリをご存知だろうか？　長男の幼少期にとても流行っていた。子どもが言うことを聞かないと、鬼から電話がかかってくる、DX化した〝なまはげ〟のようなものだ。「寝ない子はいねぇか、悪い子はいねぇか」。

このアプリを私は使ったことがないのだが、最近読んだ『「叱らない」が子どもを苦しめる』（筑摩書房）という本に、このアプリについての記述があった。簡単にポイントだけまとめると、〝鬼から電話〟は、本来親が担うべき子どもの押し返す力（理不尽さに対処したり、妥協点を見つける力）を発達させるためのやり取りを外注しているだけ、ということだった。アプリでは、親子間のコミュニケーションが発生しない。そのため、子どもは自分の気持ち（例えば「寝たくない！」）を十分に表現できず、消化不良のまま抱え込んでしまう、ということだった。

子育てというのは、大人の思うようにはいかないものだ。子どもは自分の欲求を通すためにぐずるし、食う・寝る・遊ぶ、といった生活リズムを身につけさせるのも大変だ。大人の思うようにいかないことが当たり前であり、そうやって子どもは成長するものだ、とわかっていても、私たちは、こういった子どもの面倒くささや不穏さと向き合うことを、ちょっとしんどく感じる時もある。

なぜ、しんどく感じるのか？　それは、親側に余裕がないからだろう。現代は共働き家庭が増えていて、まず時間がない。おまけに核家族化で、子育てを助けてくれる周りの人が少ない。さらに、子育て注意事項数も増加（子ども1人で遊ばせるなとか、静かにさせろなど）しているし、ネットやＳＮＳでの情報収集が気軽になった分、子育ての正解や、誰かの上手くいっている（ように見える）子育てを目にする機会も多い。親側の時間のなさと子育てプレッシャーは、子どもの不穏な感情や状態と対峙する親側の心の余裕を奪ってしまう。だからこそ、子どもとマンツーマンで向き合うことから逃げたくなる。鬼の電話は流行るし、第三者を使った「お店の人が怒るからやめて」「サンタが来ないよ」といった注意をしてしまうのだ。

わが家の場合、男児２人なので、兄弟喧嘩も激しいし、次男にいたっては私に仲裁を求めてくるので、ややこしく疲れることが度々ある。さっきまでは、私は１人でキッチンの隅に立って静かに家事をしていたはずなのに、子どもたちの喧嘩するギャーという叫び声とともに、突如別の空間に放り込まれる。不思議の国のアリス。

子どもは、「自分の欲求を通したい」「でも社会やルールはそれを通さない（自分以外の世界からの押し返し）」というやり取りの中で、自分の押し返す力を育てていく。この時に押し返す相手は、幼少期から深く関わる大人の役割になる。多くの場合は親だ。不思議の国へは、たびたび出向かねばならない。とはいえ、子どものこういったやり取りにつき合って、壁打ち相手として適切に彼らの押し返す力を育んでこなかったら、今度は彼らが10代や20代になった時に、別の形で代償の支払いが待っているかもしれない。その時になって、もっと子どもと向き合ってくればよかった、あの時向き合っていれば……と思っても遅いのだ。

子育てが思うようにいかない時はたくさんある。子どもの陰性感情（嫌だ、わからない）、不穏感情（興奮、落ち着きのなさ）につき合うのに疲れることもわかる。しかし、そんな時に「あぁ、私はこの子の押し返す力を育む壁となっているのだ」と思うと、少し向き合う気持ちが変わらないだろうか。

彼らがこれから成長して出ていく社会には、理不尽なことや嫌なこともあるだろう。そこで必要なのは、そういった自分が理不尽だと感じたことを、適切に押し返すことができる力だ。誰かに丸め込まれるのではなく、自分を守るために適切に押し返すことができる。

こう考えてみると、思い通りにいかない子育てほど、子どもたちが押し返す力を十分に育んでいる道半ばであり、実は上手くいっている子育てなのかもしれない。

**思うようにいかない子育ても、時間軸を広げて見れば明るい未来につながっている**

# 子どもへの期待にからまる

## ——子どもと私の境界線

子ども用の椅子を捨てた。リエンダーという曲線が美しい椅子だった。次男が7歳になったので、わが家にはもう幼児（満1歳から小学校就学までの子ども）はいなくなり、児童（児童福祉法が定める児童は18歳未満）しかいない。「抱っこ抱っこと、背中にまとわりついていた子どもは気がつけばいなくなり、あんなに1人になりたいと思っていたのに、今は常に1人よ」——子育ての先輩方がよく語る話をふと思い出す。大変な今は、気づくと終わっていて、あっという間に過去になる。じっくり味わえばよかったと思うのだろう。

子育て四訓というものがある。

乳児はしっかり肌を離すな
幼児は肌を離せ、手を離すな
少年は手を離せ、目を離すな
青年は目を離せ、心を離すな

わが家の子育ては、目と心を離さない時期にあたる。もう、あのぷにぷにした手や太ももはない。成長期の新陳代謝の速さが、彼らの身体をどんどん大人にしていく。長男はこの春、小学6年生になってしまった。1年生の時に背負われていたランドセルを、今はもう軽々背負っている。毎朝、彼は自分で時間を見て、必要なものを用意して、さっさと出かけていく。もう、私がすることは何もない。足りないと申告される文房具やノート、欲しいと申告される本をアマゾンで買うくらいである。時々、おもしろい漫画を考えたと説明に来てくれることがあって、「ふむふむ」と見せてもらうのだが、成長とともに与える側（親）、もらう側（子ども）の関係性が変化する。日々、彼からもらうことが増えている。

7歳の次男は、日々、全力投球な男だ。しかし、寂しかったり不安な気持ちになると、私の小指をそっと触りにくる。小さい頃から「こやゆび」を触ると気持ちが落ち着くのだ（次男は小さい頃、小指と親指がごっちゃになってか「こやゆび」と言っていた）。でももう、子ども用の椅子には座らない。だけど、まだまだ甘えん坊なので、毎朝の寝起きと毎晩の寝入りに「お母ちゃん、大好き」と言ってくれる。唯一無二の無償の愛だ。

子どものほうが、無償の愛をくれる。親側ではないのだ。もらっているのだ、親は。もちろん、子どもの成長とともに濃淡はあるだろうけれど、でも圧倒的に、純度100％の無償の愛だ。子育ての醍醐味は、この無償の愛に触れる経験ができることだと思う。

心理学の用語のひとつに、自他領域を区切る境界線――「バウンダリー」という言葉がある。この境界線は目に見えない。でも、意識しているととても生きやすい線となって私を助けてくれる。私は子育ての多くの悩みというのは、この境界線が見えなくなっている時に起きると思っている。これは子育てだけでなく、夫婦関係も人間関係も同じかもしれない。他者と自分の間には見えない線があり、他者にはその人なりの理由や合理性があって、色々な行動や考え方をしている。書くと実に簡単なのだが、意外と日々の生活の中でこの境界線を見失ってしまうことはよくある。

例えば、子どもが困っていると、子どもの困り事を自分事のように考えて解決策を提案してしまう。子どもが手際悪く行動していることに、自分だったらこうするのにと歯がゆくなる。いつの間にか、大人である自分が、役に立ちそうな情報を子どもたちの目の前にカードとして並べてしまう。こうすれば効率が良いのに、こんな情報を取り入れて行動したら上手くいくだろうに。こんな進路選択をしてくれたら、生きやすいだろうに……。そんなことしなくても大丈夫、彼らは自分で歩いていける。

自分から生まれてきた小さなものは毎日確実に成長している。子育て四訓を見ていて思う。子育てというのは、成長とともに親子の間にある境界線（バウンダリー）を濃く引いていく作業なのだと。ぴったりと肌がくっついてた子どもは成長し、安心して親から離れて社会に出ていく。彼らは別の生き物であり、親というのは、その成長物語を特等席の真横で見させてもらっているだけ。そう、それだけでもう十分なのだ。

大型ごみの回収トラックを見送りながら、わが家にはもう幼児はいない、と過ぎ去った子育て時間を噛みしめる。次に捨てるのは、学習机だろうか。その日が来たら、わが家はもう、本当に子どもがいなくなるのだろう。「お母ちゃん！　お母ちゃん！」と呼ぶ次男の声がする。急にすべての時間が惜しく見える。

## 子育てとは、子どもと親の境目をくっきりさせていく、長い道

# 夫婦の役割分担にからまる

## ――伏線回収は待っている

私の父は70歳を前にして早めに他界した。がんと診断されてから1年以内に亡くなったので、介護らしい介護はしなかった。一方、最近周りで〝介護〟の2文字がちらつくようになった。それは、同世代の友人や知人、ママ友たちから、実親や親族の認知症、病気などで介護をする人たちの声を耳にするようになったからだ。また、両親と相談して実家の住み替えを行う人や、介護を見据えて実家を売却する人の話も見聞きするようになった。

私の周りには、夫が子育てに協力的ではないと悲観している女性層（数が多いので女性主語で書いたけど、男性もいる）が存在している。私もこのグループの一員だったが、10年かけて脱出した。彼女たちは日々、時短・効率化を合言葉に、家事・育児の負担を軽減するワザを探したり試したり、自分のキャリア問題に悩んだり、夫に根気強く家事を教えたりしている。わかるよ、わかる。

子育ては子どもの成長で終わりが見えるし、いつか終わりが来る期間限定のものだ。おまけに、子どもの成長とともに年々楽になる。ポジティブに負担感が減っていく。そのため、夫が子育てに協力的ではないという問題は、時間とともに薄れていくだろう。

でもね、怖い話はここからなのだ。夫が子育てに協力的ではないという問題が、子どもの成長とともに薄れただけで、実はその下に眠っている、夫婦間に温度差があり、家事・育児・仕事にまつわるモヤモヤを話し合って解決することができないという問題が解決されたわけではないのである。

夫婦で家族の困難な時期を乗りきったのではなく、妻の我慢と努力と子どもの成長によってその時期を乗り越えただけ、という事実。辛いよ、パトラッシュ。そして、この問題は、自分たちの介護が必要になる数十年後に再浮上する。この頃には、夫婦2人とも高齢者である。高齢だからといって、いきなり介護認定を受け、施設入居などとなるわけではなく、介護には前奏曲がある。まずは、夫婦2人の生活の中で、徐々にどちらかが介護が必要な状態になっていく場合が多いだろう。その過程では、夫婦のどちらかが、どちらかのお世話をしなければならない。

大変だった子育て時期に、努力も変化もしなかった夫が、果たして介護時期に急にポジティブな変化をするのであろうか？　正直、難しいと思う。子育て時代から子育てをしてこなかった夫は、妻のお世話や介護ができない可能性が高い。もし妻が先に弱ったら……きっと買い物をしない、掃除もしない、食事も作らない。日常的なこと、例えばシャンプーの補充、電球を替える、保険の契約更新、公的書類の記入などもしない。夫婦そろっているのに、セルフネグレクト状態。夫の無頓着、無関心がじわじわと自分の健康も家の維持も困難にしていく。この結果、子どもたちには心配や手間をかけ、「お母さんたちの問題でしょう。まずは夫婦で解決してよ」と、親子間の仲も悪くなるという未来まで想像できてしまう。

現在、夫が子育てに協力的ではないと嘆いているワーママたちよ、SNSにグチをつづって、スッキリしている場合ではない。40年後に「えー、あの子育て時期に、私が時短勤務やらルンバやら外注やらを駆使して乗り越えたと思っていた、家事・育児・仕事にまつわる問題を話し合って解決することができない問題が、ここまで続いていたの⁉ 伏線回収⁉ マジで勘弁してよ」と悩むことになるかもしれない。ふと介護問題を見ていて気がついた。怖いよ、パトラッシュ！

子育て期の夫婦関係の問題は、介護の時期まで発展する可能性がある。さらに、わが子を困らせる可能性も秘めている。早期発見、早期解決事案なのだ。では、この介護問題のリトマス試験紙は何か？と考えたら、それもまた子育てなのである。今から取り組めば、まだ間に合う。体力も認知力もあるうちに改善しないと、価値観が凝り固まった老後に変えるのは無理だ。その先には、壮大な伏線回収が待っている。私たちが今、あきらめずに夫婦の役割のからまりをほぐすべく奮闘しているのは、未来のためでもあるのだ。

## 将来、伏線回収されないように、子育ては夫婦で乗りきる

# 老親の対応にからまる

## ――モノより思い出を片づける

まさか自分の親がこんな面倒なことを言い出すなんて……。自分がアラフォーになるということは、親も同じように歳を取っている。わが母も70代となった。もちろん、母の年齢はそこでストップするわけではなく、私の年齢と同じようにどんどん歳を重ねていく。母もそろそろ、自分の人生を家族サイズから1人サイズに折り畳む時期に来ている。

現在、母は、自身が30代の子育て全盛期に買った、一軒家に住んでいる。車がないと生活できない。実家の間取りは、部屋が3部屋にリビングとダイニング、家族4人暮らしに対応できる家電類がいまだある。

母が70代でまだ身体が元気なうちに、少しずつ暮らしをダウンサイズし、1人仕様にしていく必要がある。この話は、父が亡くなる前から少しずつ母としていた。母自身も運転免許は返納するつもりであり、駅近のコンパクトなマンションに引っ越しをしたいこと、そして、値段がつくうちに実家を売却しなきゃと言っていた。母が60代の頃は、こういった話もスムーズに進んでいたのだが、3年前に父が他界し、1年前に飼い犬も老衰（18歳！）にて他界し、70代で母が1人になった途端、急に雲行きが変わってきた。

父の車を売却したくない（母は乗らないのに！　駐車場や車検など維持費が必要）、家にある婚礼家具は処分したくない（家具職人が作った45年前のタンスが3棹もある。まとめて長さを測ったら横に3m以上ある）、マンションに引っ越すと孫が泊まる場所がない、など〝家じまいができない言い訳〟を一枚一枚、電話越しに並べるようになった。

「お母さん、わかるけどそれでいいの？　自分1人の老後を快適にするために、引っ越しするんじゃなかったの？」。続いて出てくる、一軒家の維持はどうするの？　病気になったら自力で病院に行けるの？　10年以内に免許を返納したらどうやって生活するの？といった言葉を呑み込む。

他人のことはどうとでも言えるけど、自分事になった途端、人は行動できないという万国共通の定義が思い浮かぶ。母とはさんざん話してきたのに、いざ当事者になるとできない。色々と話せばわかるはずだった親が、やらない言い訳を並べるようになってくると辛い。しかも、その母が片づけないツケが、私たち子どもに回ってくる未来が見えるのも二重に辛い。

とはいえ、これまで母が積み重ねてきた思い出やモノへの愛着を考えると、その気持ちも理解できる。自宅やその周りの環境にあるのは、母にとって、モノではなく〝思い出〟なのだろう。それらは写真には写らないものだ。写真に撮ってアルバムに収めて、新居に持っていけばいいじゃないでは通じない。母にとって、自宅はただの場所ではなく、持ち運べない空気や感覚がそこにあり、彼女の人生そのものなのだ。

母の気持ちに寄り添うべく、私は新幹線で時々帰省する。目的は母の説得ではない。一緒にモノを片づけながら、彼女の思い出話を聞き出していくためだ。母の思いを少しでも昇華させて、今までの人生、これからの人生に目を向けてもらいたい。だってお母さん、まだ70代でしょう。あと何十年も生きるのよ。私に、最後まで楽しんだ生き様を見せてよ、と背中を小さく押し続けている。

## お母さんと私の役割交代。今度は私が新しいステージへと背中を押す

# 5章　人づき合いのこと

# コミュ力の低さにからまる

## ――HELPが出せる私になる

昔から人に頼ることが苦手だ。「困ってます」や「助けてほしいです」となかなか言うことができない。小さい頃からそうなのだ。助けてほしいと言う前に、不便さを我慢するか、どうにか頑張って乗りきるか、そのこと自体をあきらめてしまう。

なぜ、助けてと言えないのか。2つ理由がある。1つ目の理由は、相手の時間を奪うのを申し訳なく感じるから。2つ目の理由は、助けてに至る経緯を説明することを考えると疲れてしまうから。それならあきらめる、もしくは大変でも自分でやったほうがいいやとなるのである。

そんな感じで成長すると、ある程度のことは何でもできてしまう自分ができ上がる。助けてくださいと言うより、自分でできるようになるほうが早い。1人では無理だなと思ったことを早々にあきらめる癖もついてしまった。なぜこんな性分なのか。時々自分でも悲しくなる。助けてほしいと言えば済んだのに、その一言が言えなくて後で困ってしまったことが、思い起こせば色々とある。

コミュ力（コミュニケーション力）が高い人というのは、誰とでも打ち解けて話せる人ではなく、自分の弱みを見せて、上手くＨＥＬＰが出せる人だと思っている。そういう意味で、私はコミュ力が低い。助けてくださーい！と軽く言える人がうらやましい。以前は、困っているけど、上手く言えないからいいやと流してしまう私であったが、２０２０年に会社員から独立してから、少しずつ「できないのでやってほしい」「困っているので知恵はないか？」と言えるようになってきた。ワンオペで大変だった幼少期の子育て中でもなかなか言えなかったのに、である。

なぜか？　それは、シンプルに仕事が回らないからである。放置してしまいがちな事務仕事、経費処理の間違い、動かないホームページ、やりたいことの実現方法……。助けてほしいとか困っているということを言えないと、そのままフリーズ＆ジ・エンドである。それは大変困る。独立後、私は１人では何もできないことを何度も痛感した。会社はお膳立てされている場所だ。事務も経理も担当者がいるし、パソコンの不具合が起きても情報システム部がどうにかしてくれる。アイデアから実現までは同僚たちと作り上げていくし、会社のリソースは何でも使える。私は１人で何でもできていると思っていただけで、実際にはＨＥＬＰを出せなくても、どうにかなってしまう環境があっただけだった。

高齢になった親を持つ同世代から、困っていることがあっても、親は「大丈夫、大丈夫」と言って話してくれないという話を聞くことがある。きっと、親世代もＨＥＬＰを上手く出せないのだろう。申し訳ないとか、迷惑をかけたくないという気持ちがあるのだ。しかし、大丈夫と言われる側からすれば、年齢を考えても何も頼られないほうが不安だし、大丈夫で押し切られた結果、さらに困った事態になるのはもっと困る。

「助けて」や「困っている」の背後には、自分の足りないことや至らなさ、そしてそれを開示する恥ずかしさが隠れている。まずはそれらを認め、人にさらけ出さなければいけない。やりたいことがあるなら、できないことを認め、できそうな人に声をかけて頼ることも必要になる。HELPを出せるというのは、自分の状況を認知し、足りないものを把握して、それを補う力でもある。これは、人生後半戦を生きるための重要な力だと思う。

なぜなら、歳を重ねることは、それまでできていたことができなくなることの過程でもある。できない自分を恥ずかしい・嫌だと感じ、できないことを全部あきらめる。そうやってHELPを出せないままだと、歳を重ねることに対してネガティブになってしまう。それよりも、そんな自分に向き合って、ちゃんとHELPを出せる自分を育てていけば、また違った自分と出会えるだろう。

「助けて」と言えるからこそ、助けを必要とする人の気持ちがわかるようになるし、「助けて」と言えるからこそ、お互いさまで歳を重ねることができる。歳を重ねると、若い頃の〝私はこれもできるようになった、あれもできるようになった〟という世界とはゲームルールが変わる。1人でできるかどうかではなく、みんなで助け合う世界が広がっていくのだろう。そのため、アラフォーからはちゃんとHELPを出せる自分を育てておきたい。私の人生後半の目標は、気軽に「助けて」と言える自分を育てることだ。

## 今までの自分とは、違う自分を育ててみる

# 嫌なことや人にからまる

## ――心の距離感を調節する

心の1等席という場所がある。折に触れてつい思い出し、ふとした時に存在を感じる、〝あの席〟である。その席にはできるだけ、自分にとって良い人や良い思い出に座ってもらいたい。わかってはいるが、生きている限り、自分にとって良いことや良い人ばかりと出会えるわけではない。嫌なことや人にからまってしまった時、心の1等席にその嫌なことや人が、どーんと座ってしまうことがある。

私は、会社勤めしていた頃にすごく苦手な上司がいた。言うことが朝晩でコロコロ変わる。それに合わせて資料を準備したり企画を考えたり、それはそれで経験が増えるのでいい一面もあるのだが、困ったのはその後の対応だった。自分の指示で変更になった案件が上手くいけば自分の手柄、上手くいかなければ全部部下のせいにしてしまう。多くの同僚が病んでしまったし、私も土日でも上司を思い出し、翌週の仕事が憂鬱になるほどだった。心の1等席に上司が座っていて、毎日メガホンを持って「あれができてない！これができてない！」と叫んでいた。そんなわけで、当然休みの日も休んだ気がしなかった。

そんなヒトに1等席に座られてしまうと、日々の生活がなんとなく重く、灰色になる。頻繁に思い出す場合は、日常の私と心の距離がとても近い。心の距離が近いと、相手への嫌悪感もどんどん大きくなる。しかし、それは相手が悪いのではない。きっと相手は、自分が言ったセリフや出来事なんて、すっかり忘れてしまっているに違いない。私が勝手に心の距離を縮めて、1等席に座らせてしまっているだけだ。その嫌な思い出を何度も取り出しては磨き、そしてまたそっと1等席に鎮座させている。怖い怖い。

「タフラブ」という言葉がある。臨床心理士の信田さよ子さんが書いた『タフラブ 絆を手放す生き方』（dZERO）という本の中に出てくる。

例えば、ある日、ママ友の元気がないとする。あなたが「どうしたの？」と聞いたら「夫と喧嘩して……」と答える。あなたは親身になって、話を聞いてあげる。すると、そのママ友に会うたびに愚痴を聞かされるようになる。LINEも頻繁にくる。対応しているうちに、どんどん深く関わるようになってしまう。「聞いてあげないと悪いかな」。気づけば、そのママ友は、するっとあなたの心の1等席に座っている。あなたは何かにつけて彼女の愚痴を思い出し、嫌な気持ちになる。あれ？　私には関係ないはずだったのに……。


こんな時に登場するのがタフラブ（tough love）だ。タフラブとは、日本語で、「手放す愛」や「見守る愛」と意訳される。関係性を潔く手放すことを意味する。例えに出したママ友の場合なら、相手に対して、こまめな返事をしない、会うのを控える――適度に人間関係を枯らしていくのだ。これは冷たいわけではない。勇気ある撤退。私の1等席には、もっと座ってほしいことや人がいるのだから。

心の距離感は自分で調整できる。心の1等席に、何を、誰を座らせるかを選ぶことができるのだ。距離が遠ければ、嫌な感情も大したものにはならない。離れていることが人間関係を楽にする。近くにいる強盗は怖いが、強盗がいるのが1㎞先だとしたら、そもそもよく見えない。心の距離感の調整ができないと、意図しないことや人がするっと1等席に座ってしまう。では、どうしたらいいのだろう？　思いきって、離すのだ。信田さんは、「タフラブは強い人だからできるわけではない」と言っていた。やるかやらないかだけだと。あなたが強いか、弱いかは関係ないのだ。そう思うと、私にも、あなたにもできる勇気が湧いてくる。

私が上司に悩んでいた時には、この距離感を調整する知恵がなかった。すべてを受け止めて、1等席に座るそのヒトのことを毎日気にしていた。ほかにも、過ぎ去った嫌な出来事や人を、わざわざ磨き直して1等席に座らせていたこともある。でも、その時は「相手が悪い、こんなひどいことをされた」と言って、自分が磨き上げたそれらを、何度も座らせていることに気づいていなかった。もちろん、その怒りや理不尽さをエネルギーにして、次の行動に変えることもできるだろう。しかし、心の距離をさっさと離して、次に目を向けるほうが健全なのだと思う。私の1等席には、思い出すと温かな気持ちになることや人に座っていてほしい。私の1等席は、私が選ぶのだ。

**心の1等席には、思い出すたびに「ふふふ」となる好きなことや人だけを座らせよう**

# 友人作りにからまる

## ――共通言語が私の背中を押す

大人になってから、改めて私は友人を作るのが苦手なんだなと、実感するようになった。人脈が大事だとわかってはいるけれど、学生時代もイツメン（いつものメンバー）しか記憶にないし、社会人になってからも、同じ部署の人とは話せるが、エレベーターで会う隣の部署の人に気軽に話しかけたりはできなかった。しかし、周りの人から見ると、私は初対面の相手が得意なタイプに見えるらしい。自分から率先して、質問を繰り広げながら会話をすることができるからだ。でも、これは友人作りが得意だからではない。初対面の人と話すという設定において、その場限りの会話を成立させるスキルが長けているだけである。いわば会話の一発屋だ。そのため、それが継続するかと言われると難しい。

実際、初対面の人とは上手く話せるけど、2、3回目に会う人との会話は苦手だ。初対面で聞くような情報は聞いてしまっているし、そこから何を話していいのかわからない。中途半端な自己開示をするのも気まずいし、かといってその人のプライベートや立ち入った話を聞くことはもっと難しい。会話が盛り上がらなくて申し訳なくなる。じゃあ、別に友人なんて作らなくていいじゃないかと言われそうだが、人は好きなので、色々な人と友人になりたいという欲はあるのだ。厄介である。

友人作りが上手い人は、初対面のみならず2、3回会った人とも、その差を感じさせないように会話を続け、関係性を築いていく。一発屋とは違う。私のような初対面だけが得意なタイプは、そこからが広がらない。もちろん、仕事などであれば会う用事も話題もあるので関係性は長続きするのだが、これがプライベートになるとなかなか厳しいのである。こんな感じなので、私はママ友も上手く作れないし、大人になってからの友人も数えるほどである。

そんな私であるが、唯一、友人を増やせている分野がある。それはどこか？　ヨガである。ヨガを長年続けているため、ヨガという共通言語を通じた友人がいる。ヨガをきっかけに、よくレッスンで会う、ワークショップでも会う、何ならインドに一緒に行く、という出会いの機会が増え、関係性が深まっていく。ヨガという共通言語があるおかげで、大人になってからの友人ゼロは、なんとか逃れている。これはインドの神様のおかげだ。

ほかにも、私は、Voicyという音声メディアでパーソナリティをしているが、ここでのパーソナリティ仲間さんとは親しくさせてもらっている。例えば、漫画家のひうらさとる先生、同時通訳者の田中慶子さん、HASUNAの白木夏子さんは、旅友である。すでに3回も一緒に旅している。OURHOMEのEmiさんも、Voicy対談以降、飲み友だちだ。年齢も職種もバラバラだが、Voicyという共通言語でつながっている。

私のように、大人になってから友人が増えないと感じている人は、もともと友人を作るのが苦手だったという人も多いだろう。大人になってからできなくなったわけではない。学生時代は同年代の人々が集められて、長時間一緒にいるから友人ができていただけなのだ。人間の性質というのは根本的にそんなに変わらない。

そこで、私のようなタイプは、友人を作ろうとするよりも、自分が持つ共通言語をもとに、その共通言語が使える場所に出ていく機会を増やすほうが良いのだと思う。共通言語が、新たな出会いのチャンスや場を増やしてくれる。すでに共通言語が存在しているので、何を話そうとか、次の約束はすべきだろうかといったことに悩む必要がない。そこにいる目的は、共通言語！　この後ろ盾が、私の上手く関係を築いていくことへの不安や苦手意識を吹き飛ばしてくれる。

## 友人は作るのではなく、私の共通言語が連れてくる

# 少ない居場所にからまる

## ――職場と家庭、あともうひとつの見つけ方

私は現在、大学院に行っている。アラフォーなので、教える側と勘違いされることもあるが、博士課程に在籍している学生である。仕事の合間にレポートを書き、論文を読み、研究計画を実行するべく、日々、汗をかいている。研究テーマは、オンライン・コミュニティに集う働く母親を対象にしている。私は、2019年頃からオンライン・コミュニティの管理者をしていて、そこで抱いた大きな疑問は、多忙なはずのこの人たちは、なぜこのコミュニティにいるのか、だった。そこで、それを研究するべく進学した。

ちまたでは、第3の場所〝サードプレイス〟という言葉が流行っている。第1の場所は家庭、第2の場所は職場。この2つの場所だけでは息苦しさを感じる人が増えているのだ。家庭を持たない人も増えているし、職場は終身雇用が崩壊している現代、所属感が日々薄くなっている。ここではないどこかの場所、自然と第3の場所を求めてしまうのだろう。第1でも第2でも第3でも何でもいいのだけれど、人は自分を受け入れてくれる居場所がないと生きていけないと思う。

不登校の子がなぜ辛いかというと、1日の大半を過ごす学校という場所が本人にとっての居場所ではないからだ。これで家庭も受け入れてくれなかったら、彼らはどこにも居場所がない。辛い。大人だって同じだ。家庭に職場にと、役割ごとの居場所を持っている人は多いけど、そこで受け入れられているという感覚がなければ、生きづらさを感じてしまうのだろう。オンライン・コミュニティは時間と空間を超えるので、人が集まりやすい。リアルな場所では移動や時間に制限がある人でも、オンライン・コミュニティはパソコンやスマホで持ち歩けるので、いつでも参加ができる。対面の居場所が見つけにくい人は、現代ではオンライン空間も選択肢になってくる。いい時代だ。

先日、フジテレビの報道番組プロデューサー・森下知哉さんが開設されているオンライン・サロンの参加者さんたちとランチをした。40代〜50代のミドルエイジで、彼女ら彼らは日本全国に在住していて、イベントごとにみんなで集まり、ご飯を食べたり、旅行をしたりしているということだった。伊豆、糸島、仙台……。メンバー同士は、日頃からオンラインで存在を知っているが、対面イベントでは初顔合わせということもある。でも、大いに笑い合い、語り合い、盛り上がっているのだ。その中の1人がポツリと言う。「大人になってから、新しい友だちを作るのは難しい。でも、オンライン・サロンに入ってみて、みんな属性も仕事もバラバラだけど、なぜか友だちになれたんだよね」。

大人になるほど、役割や肩書での話はスムーズにできるが、自分の興味・関心や個人的考えを出す機会は少ない。私は自分がおもしろいと思うことを、職場の人に話して、変な顔をされてしまったことを思い出す。「あっここじゃなかった、ごめん」と心の中で謝ったりしたことも。役割の居場所は、属性や性別は似ていても、思考が異なる人々の集まりだ。だから、なかなか打ち解け合うのは難しいのだろう。

その点、オンラインでつながる場合、見た目や性別、仕事といった、わかりやすい類似性は得られにくいが、思考の類似性が得られやすいのだと思う。今回の参加者は、性別も仕事も居住地も異なるけれど、森下さんというキーパーソンを中心に、興味のある話題や考え方が近い人が集まっていた。オンラインという時空を超える場所だからこそ出会えたのだ。物理的な場所だと、森下さんというキーパーソンがいても、距離の問題で多くの人には出会えない。笑い合う参加者の声、森下さんの楽しそうな姿、おいしい鯖フライランチ、色々な情報が私の中に一気に入ってくる。それらを咀嚼しながら呑み込む。

居場所を見つけるヒントは、思考の類似性とオンライン。居場所がないなと思った時に、探しに行く場所としてメモをする。

## あなたのもうひとつの居場所はどこ？
## もしかしたらオンライン空間にあるかも

# その一言！にからまる

## ——違和感をつかまえる

時々、ちょっと引っかかるというか違和感を覚える言葉に出合う。軽い雑談相手からの嫌みな返答、承認をためらうコメントだ。これらの言葉は、小さな引っかかりとして私の中に黒い小さなシミを残す。明らかに悪意がある内容や失礼な一言は、無視という名の拒否で侵入を阻害することができる。しかし、この「ん？」という違和感をもたらす一言の場合、そのままするっと自分の内側に入ってしまうことがある。そして、違和感を覚えた一言に、必ずまた出合ってしまう。同じ人からやってくるのだ。

「私も同じですす！」「あなたも普通なんですね」「気にしすぎですよ」……例えば、こんな言葉たち。これらの言葉そのものに違和感があるのではない。「え！　ここでその返答⁉」というような、やり取りの文脈や出てくるタイミングに違和感を覚える。これはきっと私だけが感じる〝たぐい〟のこと。そのため、その時のエピソードを誰かに話しても、なかなかご理解いただくのが難しい。その場にいた私だけが「ん？」と感じるものなのだ。

「2：7：1」の法則というものがある。アメリカの心理学者であるカール・ロジャーズが、10人いたら、2人は気が合う人、7人はどちらでもない人、1人は気が合わない人になるよ、と集団の人間関係の法則として提唱したものだ。私と合わない人は、必ず世界に10％存在している。私自身も、この世界の誰かにとって〝合わない〟人だ。

合わない人と無理に合わせようとすると、人は疲れてしまうし、人間関係が嫌になる。みんな仲良くという価値観が、合わせられない私をダメだ、大人げないと思わせてしまうのかもしれない。しかし、合わない人は合わないのだから仕方ない。私にとっての合わない人サインは、〝違和感〟なのだと思う。文脈や言葉使い、会話のラリー、私だけが感じる「ん？」の存在。そして、一度目で違和感を覚えた人は、だいたいその後も二度三度と同じ違和感をもたらしてくる。サインはばっちり出ている。そう、私とあなたは〝合わない〟人なのである。お互いの性格や人間性が悪いのではない、誰にもいる10％の合わない人。見ーつけた！

見つけたからといって、何かをするわけではない。逆に、この違和感を上手く活用し、相手も自分も必要以上に交わらなければいい。お互い会釈して、そっとすれ違う。みんなと仲良くはしなくていいのだ。とはいえ、大人になると合わないとわかっていても、関わらざるを得ない場合がある。職場、子ども関係、近隣のおつき合い。そんな時、私はユーモアのメガネを取り出す。その人に抱いた違和感を、ユーモアの目で見てみるのだ。

例えば、会話の流れで「気にしすぎですよ」と、私が大事だと思うポイントを流されたとする。「いやいや、ここは気にするべきポイントでしょ！　この流れで気にしないと後で大ごとになるかもしれないでしょ！　考えなさいよ」と私は言いたくなる。なんかこの人、合わないなあ。そこで、すかさずユーモアのメガネをかける。あら不思議。「そうね、あなたは気にしないからその寝癖なのよね」と見える。内面に抱いた違和感を〝何かユーモアに変換できるもの〟に反映させて、意識をずらしてみる。見える景色が変わり、こちらの感情が乱されなくなる。対症療法だが、物理的距離が離れるまではこれで乗りきれる。

違和感サインを無視せずにちゃんと認識しておくことは、自分にとって大切な人間関係に改めて気づくチャンスでもある。合わない人がいるから、合う人たちの存在を大切に思う。私にとって心地よい人間関係を再認識させてくれたことに感謝して、そっと合わない人とはすれ違う。

## 心地よい人間関係を守るためにも、違和感サインを見逃さない

# 子どものトラブルにからまる

## ――トラブル対応は起きる前から始まっている

子どもを産んでから、人は1人で生きているわけではない、という言葉を深く噛みしめるようになった。子どもは多くの人や子どもと関わって成長していく。そんな中で、自分の子育て方針や親の覚悟が一番見えてしまうのは、子どものトラブルの時だなと痛感している。

長男が保育園3歳児クラスの時、お友だちに背中を押されて、顔の一部を怪我した（10歳になった現在でも、顔に痕が残っている）。保育園の方針で、どの子がやったかということは伝えられなかったが、わが子の口から聞けば、一体どの子がやったのかということはわかってしまう。こういう時に、相手の保護者と話したほうがいいのか、もしくは相手の保護者から連絡があった場合にどうしたらいいのか、当時の私はいい考えが浮かばず、あたふたした。また、やられる側ならまだしも、もしわが子がやっていた側だった場合、どうしたらいいのか、全然対処方法がわからなかった。

こういった緊急時の対応が、のちのち保護者間のトラブルになるので、早い対応が求められるが、とっさの判断はとっさの時には上手くできない。それゆえに、家庭ごとの子育てスタンスにおける〝素〟の振る舞い、が出やすいものだと思う。その後、長男はあまりお友だちと揉めることもなく、小学校高学年まで育ってしまったが、一方、次男は活発な子であるがゆえに、ちょこちょこトラブルを連れてくる。

多いのは、お友だちに殴られた、次男が殴った、である。殴り殴られ、振り振られ問題。その場に大人（教師、学童の指導員、習い事の先生など）がいた場合は、その大人たちが双方から聞き取りをして、だいたい良きように収めてくださる。しかし、問題はここからなのである。相手の親御さんに連絡を取って改めてやり取りするほうがいいのか、いや、いったん大人たちが収めているので、お互いさま精神にて終了でいいのか、迷う。しかも、子どもから事情を聞き取ると、だいたいこういったトラブルには大人には見えてない伏線がある。殴る・殴られるの前に、小さいトラブルが隠れていることが多い。例えば、お友だちに自分の所持品を隠されて腹が立って殴った、などだ。その伏線まで、改めて担任や対応した大人に伝えるべきなのか……、迷いは尽きない。

仕事なら、大人同士、ある程度の常識と呼ばれるものが存在しているので、トラブル時には何をどう収めるかがわかる。丁寧な謝罪。上司同行。茶菓子持参。しかし、子どもがらみのトラブルとなると、子どもや保護者の見ている視点や、価値観がバラバラでこれをやれば正解というものがない。保護者の意向もあれば、その場で収めた大人の意向もあり、登場人物が多すぎて判断に迷うのである。

また、子ども自身が状況把握を正確にできないことも、迷いに拍車をかけてくる。自分は悪くない！という視点で物事を見ていたり、肝心なことは大人に黙っていたりする。例えば、殴られたことは言うけれど、自分が殴ったことは内緒にしているなどである。子どもに悪気があるのではなく、怒られたくないがゆえの保身である。さらに、親側のわが子に限っての思い込みが暴走することもある。すると、お相手によっては、なかなか収まりがつかないことになってしまう。

そんな話を、ヨガスタジオでレッスン生の現役小学校教員（教師歴10年以上のベテラン）と話した。すると、トラブルをいさめる立場にある教師から見ると、「自分の子どもが100%正しい」と思わない親とのトラブル処理は、あまり揉めることがないという。どんなにかわいいわが子でも、自分にとって都合のいい事実しか話さない可能性を考慮できる親であれば、トラブル対応の基本的な力は十分とのことだ。

それ以来、わが家のトラブル対応方針としては、基本的にその場を預かっている大人の決定を優先することにした。習い事でトラブルがあった場合は、その先生のお沙汰や方針に従う。学校であれば、学校に従う。子どもの言うことと食い違いがある場合は、その場を収めたお代官様（大人）と話をすることにしている。いきなり相手の保護者に連絡を取ることはしない。今のところ、この方針で大きな揉め事は起きていない。

子どもは社会と関わりながら成長する。その過程でトラブルという成長痛も経験する。そのトラブルが起きた時に、わが家の方針としてどう対応するかをあらかじめ考えておくことは、学校の学用品に名前を書くことと同じくらい大事だと思う。地震が来る前の避難訓練のように、被害者・加害者の両方の立場でシミュレーションを行い、わが家の方針を決めておく。備えがあるからこそ、憂いが少なくなるのだ。子ども関係のトラブルはある日突然やってくるが、その対応の瞬発力は、もっと前から決まっている。

## 子ども関連のトラブル時の判断は、起きる前から備えるべし

# 距離感の遠さ、寂しさにからまる

## ——学生時代の友人たち

ある30代のワーキングマザーの話。

彼女には2人の子どもがおり、フルタイムで働いている。20代で出産したため、子どもたちはすでに小学校の高学年だ。20代後半から30代半ばまで、彼女は家事・育児と仕事のバランスを取るために奮闘してきた。最近、30代後半になって、仲の良い会社の同期Ａが初めての出産をした。同期Ａからは、子育てのことや会社復帰後の愚痴が頻繁にＬＩＮＥで送られてくる。それを見るたびに、忘れていた過去を思い出し、心のどこかでモヤッとする。自分が20代後半で出産し、復職して孤独だった時、同期Ａに相談しても、ＬＩＮＥ

の返信はそっけないものだった。独身のAと私。同じ年だし同期だけれど、もういる場所が違うんだなと、そのそっけない返信を見るたびに寂しく感じた。その時の感情が、今になって同期Aから働く母親としての愚痴を聞かされるたびによみがえる。「あの時は、聞いてくれなかったよね」。

アラフォーになると、高校や大学時代、20代の頃に仲良かった友人が、どこか遠くに行ってしまったような寂しさを感じる時がある。いや、そこに友人は居るのだけれど、わかり合えていた私たちはもう居ない。お互い、若い頃から何度も分岐点をたどり、気がつけばまったく違う道を歩いている。あんなに色々話せたのに、今は少し遠い。家族の話は気を遣うし(独身、既婚、離婚で世界観が違う)、子どもの話はもっとだ(子なしと子ありも同様)。仕事の話は収入が透けて見えそうだし、何を話せばいいのだろう。私の今一番の悩みは、子どもの習い事の送迎問題だが、この話題を持ち出しても盛り上がらないという事実しか見えない。

女性は、アラサー、アラフォーなど、人生の中盤で、若い頃に仲良かった友人たちの層から一時的に離れる時期があると思う。理由ははっきりしている。ライフスタイルやライフプランのタイミングのズレだ。結婚や妊娠や出産など、同じ経験をしていても、その当事者になるタイミングがみんな同じ20代なんてことはない。それぞれの生き方でそのタイミングは変わる。例えば、同じように子どもを産んでも、20代と30代では10年間のズレがある。人は当事者にならないと、なかなかその気持ちや困り事はわからない。ライフイベント（結婚・妊娠・出産）のタイミングがズレたり、ライフスタイルの選択がズレる（結婚する・しない）と、結果的に話が合わなくなる。

そんな時は、お互いに少し距離を置くのがいいと思う。縁を切るのではなく、ちょっと一時的に離れてみる。会社の同期であれば、転職・退職しない限り60歳くらいまで関係が続くだろう。お互い、あと20年くらい会社にいれば、いずれまた仲良くなれるタイミングが来るかもしれない。アラフォーの〝今〟は、ライフイベントのズレで話題が合わないから、モヤッとするだけ。50代になれば、そのズレもモヤッどころか、もはや気にならないレベルまで縮小しているかもしれない。学生時代の友人も同じこと。彼女たちとは、笑い合えた思い出を共有している。それが消えてしまったわけではない。今は合わないだけ。だからこそ、あえて希望を持って離れてみる。

ある程度、年齢を重ねれば、自分が大変だった時に理解してくれなかったという気持ちは、お互いさまになる。「お互い、あの時は色々あったよね」と笑いながら思い出話ができる仲間になるかもしれない。女性の友だちづき合いは、一時的に離れる時期が来る。それは、いつかの再会の可能性を秘めた疎遠だ。今、少し遠く感じるあの友人たちとお互いの経験を振り返り、「大変だったよね」と言える日が来るのを、私は楽しみにしている。

## すれ違った友人たちも、時が経てばまた巡り合う可能性を秘めている

# 6章　これからの私のこと

# 何者なのかにからまる

――玉ねぎをむく

大学院にて、50代女性の准教授（芸術系学部）と話す機会があった。私が所属している専攻は、学際的（複数の異なる学問領域にまたがる）な色合いが濃いため、担当の先生方がバックグラウンドとして持っている専門領域もバラバラである。とある講義の一環で、「自分から遠い専門性を持っている先生にアポイントを取って1時間話す」という課題が出たため、その先生とお話しすることになった。どう？　おもしろい講義だと思いませんか？

私が、その先生に目をつけた理由は、大学院に所属しているのに、公的なデザイン関係の仕事をしていたり、起業していたりと、何足ものわらじを履いているからだ。経歴も、大学院卒業後に一度就職し、その後留学してまた大学に戻っている。ずっと学校内のみでキャリアを積んできた先生が多い中で、キャリアの変遷が大学の先生的スタンダードではないところに魅力を感じた。それは、「私もそういうふうにキャリアを歩みたい」と、どこかで思っているからだ。仕事や学校、色々な場所を行ったり来たりして、複数のことをやっている人になりたい。

先生とは、1時間ほどお話しした。私は学生として質問をする側だ。先生が現在の肩書になるまでにたどってきた足跡をうかがった。なぜ大学でその専攻を選んだのか、なぜドイツに留学したのか、なぜ出版社に就職したのか、そこからなぜ大学院で教員をしているのか……などなど。

お話を聞いていると、先生のキャリアは偶然に突き動かされているように見えた。でも、つながっている。ビリヤードの玉突きのようにボールが次のボールへと、コツン、コツンとぶつかって、次から次へ突き動かされているようなキャリア。ぱっと見、前のボールの動きは関係ないように見えても、動いていくうちに次のボールを突き動かしている。最後にコーナーポケットに吸い込まれるまで、先生のキャリアはつながっている。

「先生は、色々な肩書をお持ちですが、どの肩書が一番自分のキャリアを表していると思いますか?」。私は、自分でも答えが出ない問題、どんな肩書で生きていきたいかについて尋ねてみた。先生は言葉を選びながら答えた。「たぶん、編集者でしょうね」。自分自身のこれまでのキャリアを振り返ると、大学の仕事も起業も公共の仕事も、全部編集だった。そして自身のキャリアの骨子は編集者なのだと思うと。

「玉ねぎの皮って、むいていくとどんどん芯に近づくでしょう。キャリアってそんな感じで、歳を重ねるほど皮が増えていくのよ。それをむいていって、最後の芯に残っているものが自身が大事にしているキャリアの根幹なのだと思う。私の場合、それは編集者。周りからは肩書としての〝大学教授〟や〝起業家〟なんてものが見えるけれど、それは玉ねぎの皮であって、キャリアのコアではないのよね」

玉ねぎの皮をむいていくと、最後に残るもの。私のコアは何か？　先生との面談を終え、手帳に残したメモを見ながら考える。私が大事にしているコアとは？

約8年前に書いた手帳をパラパラと見ていたら、こんな人になりたいという自己像の走り書きメモを見つけた。何をやっているのかわからないが、複数の仕事をしながら自分時間を持ち、しなやかな筋肉で学びを楽しみ、笑顔で過ごす人。おおむね、かなっている！（しなやかな筋肉へのツッコミは、ここでは受けつけない）ちょっと怖くなって、手帳を閉じる。もう一度、開く。再度、ちらっと見る。そこに、私が大事にしているコアが隠れてはいないか。学びを楽しむという言葉が再度目に留まる。私にとって、学びというのは知らない世界のドアを開けるきっかけでもあり、知的好奇心を満たすための行動でもある。私の、ずっと仕事をしていたい、ずっとヨガをしていたい、ずっと◯◯をしていたい、という気持ちに共通しているのは、「ずっと学んでいたい」だと気づく。仕事も、子育ても、ヨガも、文章を書くのも、もの作りも、すべてはこの学びを中心に派生している。

寿命が延びた現代では、1人が生涯で何個もの肩書を持つようになるだろう。少し前のベストセラー『LIFE SHIFT（ライフ・シフト）』（東洋経済新報社）に書いてあったように、人間の寿命が延長した現代、学生↓仕事↓老後のワンパターンで生きるには、人生は長すぎる。学生、仕事（複数）を、年齢やライフイベントと組み合わせながら生きていくのだ。その中心には、私たちが大切しているキャリアのコアがあるだろう。

私もそっと、自分のキャリアの玉ねぎをむいてみる。そこには学びという言葉が残っていた。今使っているノートに、とりあえずの仮置きで、そっと学び続ける人と書いてみた。うん、今の私にはしっくりする。何年後かに、また見直したくなるまで、そっと仮置きしておくことにする。

## 私のキャリアのコアは、これまでやってきたことの中心にある

# やりたいことが多すぎるにからまる

## ――企画書で落ち着かせる

やりたいことが多い。あれもこれもやりたくなる。ネットで見かけた知識人が紹介している本はすぐに読みたいし、離島のワーケーションも体験してみたい。さらに、瞑想のリトリートにも行きたい。気になる映画も多いし、美術展にも行きたい。お茶とヨガウェアの新しい商品も作りたいし、ホームページもリニューアルしたい。大学院がらみでは、やらなくてもいい発表まで、勉強になるよねと引き受けてしまった。

こんなふうにやりたい！に取り憑かれると、どんどん時間がなくなる。時間がなくなると、やりたいことも消化不良になって、やり切る前に次に手を出してしまう。そして、やりたかったことに追われるようになるのだ。何だか毎日が忙しい。「なぜ私はこんなに時間がないのだ……」と思う。アホである。20代の頃から変わらない。きっと死ぬまでこんなことをやってしまうのだろう。

しかし、亀の甲より年の功。さすが、40年も自分とつき合っているので、色々とわかってきた。やりたいには、「衝動」と「行動」の2種類がある。衝動とは、目的を意識せず、ただ何らかの行動をしようとする心の動きで、行動とは、何らかの目的のために積極的にことを行うこと。私は、やりたいと思った時には、これが衝動なのか行動なのかを仕分けすることにしている。

ここで有効なのが、やりたいことの企画書を作る、という方法だ。これは作家の坂口恭平さんが『お金の学校』(晶文社)という書籍に書いていた方法なのだが、私も昔から似たようなことをやっていた。私は、やりたい!と思うと、そのことを調べたい、すぐに試したいという落ち着かない気持ちになる。しかし、その情熱のままにすぐに実行してしまうと、失敗することがこれまでに何度もあった。なんとなく良さそうで走ってしまったが、それは実はただの衝動で継続しなかった。若い頃ならこれも経験と思えたが、さすがにアラフォーになってくると、この辺りの無駄撃ちは減らしたい（少しはあってもいいが）。

そこで、私は何かをやりたいと思ったら、とりあえずそのやりたい気持ちを落ち着かせるために、まずは必要なことを調べて書き出し、企画書を作ることにしている。例えば、先日は〝一箱本棚〟をやりたいと思った。これは数年前から色々な場所でされていて、お店などのある空間の本棚の1スペースを、個人の本棚として貸し出すという試みである。自分で本屋を構えるのは難しいけれど、好きな本を誰かに届けたい人たちが申し込みをしている。お店のルールによるが、その本棚で本を貸してもいいし売ってもいい。本を媒体にいろんな人の思想が見える。おもしろい。

私もいつか、一箱本棚をやってみたい！という情熱を自分の内側にたぎらせていた。それが上手くいったら、その先には、私設図書館もできるかもしれない。本が好きなので、多くの人が本を手に取れる場所を作りたい、と妄想ばかり膨らむが、ここでふと、「本当に一箱本棚がやりたいの？　単に本が好きで良さそうだからそう思っているだけじゃないの？」と、心の声が聞こえてくる。さすが、40年も私とつき合っている心の声だ。的確である。そこで、ノートを取り出してまずは企画書を書いてみる。本棚のスペース、賃貸物件探し、一箱いくらで貸すのか、店番はどうするのか、どんな人が借りるのか……などなど。

こうやって、やりたいことを紙に落としていくと、現実が見えてきて、少し情熱が落ち着いてくる。一箱本棚は、コストや時間が結構かかる割に商売として成立させるのは難しそうだと気づき、貸したい人はたくさんいるけれど読みたい人はそこまでいないのでは、という疑問も湧いてくる。すると、まずは小さくやってみるかと別のアイデアが浮かぶ。私が主宰するヨガのポスパムFukuokaスタジオの片隅に本を置いて、そこで本を借りたいという人の動向を調査してはどうか。名づけて〝こうかん読書〟。置いてある本と自分の持ってきた本を交換してもいいし、借りてもいい。本を20冊ほど並べてスタートする。まずは小さくやってみる。小さくても確実な一歩だ。衝動にかられて、いきなり物件を借りて一箱本棚をやるよりもリスクは低い。

企画書を書くと、やりたい！という妄想たちが、急に現実に落とし込まれていく。モノによっては、調子にのりましたとシュンとなることもあるし、いけそうだと道が見えることもある。やりたいことが多いという人は、すぐに飛びつく前に、立ち止まって深呼吸。限りある時間と思考力を大事に使っていくために、まずは企画書を書くのだ。え？〝こうかん読書〟のその後？　今のところ、じわじわと借りる人はいるけれど、頻繁には回転しないので（毎月、何冊も本を読む人が少ないという気づき）、現実を噛みしめているところだ。これもまた、いい意味で、次の行動につながる現実である。

## やりたい!!の衝動は、いったん企画書を書いて落ち着かせる

# 忙しさにからまる

## ――理想の生活をたどる

作家の村上春樹さんは、毎朝4時に起床し、小説を書き始め、4~5時間ひたすらパソコンに向かうという。その後、ジョギングや水泳など1時間程度の運動をして、昼過ぎからは本を読んだり、音楽を聴いたり、レコードを買いに行ったり、料理をしたり、自由に時間を過ごす。これを聞いて、みなさんはどう思うだろうか。うらやましい？　それともそんな生活は嫌？　私は圧倒的にうらやましい派だ。

まず、執筆するタイミングが脳の活性化する時間帯と合致している。さすが世界の春樹。

人間は、起きてすぐの朝一番がもっとも脳が活性化していて、集中力や思考力が発揮できる。そのため、文章を書くなどのアウトプットを朝一番に行うのは、とても合理的なのだ。朝からぶっ通しで4、5時間使って一気に書き上げる。うらやましい。書き物を終えたその後の時間帯は、運動で肉体のメンテナンスをし、読書のインプットタイムを過ごして、夕方に静かにリズムをスローダウンさせて1日が終わる。こんな生活がしたい。

しかし、小学生が2人いるわが家では、なかなか実現の目処は立たない。子どもの朝食準備から犬の散歩など、現実として取り組まねばならない作業が待っている。とはいえ、忙しさにからまってできぬ言い訳を並べても実現はしないので、できることからやる。春樹の真似をするのだ。

具体的には、私は朝は5時に起きるのだが、オンラインヨガのレッスン（講師）を終えると、だいたい6時を過ぎている。そこから、犬の散歩をして、子どもたちの朝食を出し、片づけて、彼らを見送ってとやっていると、気づけば7時半だ。以降、午前中は予定を入れないことにしていて、書き物系（この文章や大学院関連の書き物など）を一気に片づける。春樹からは2、3時間後れを取るが、それでも理想の時間割に近い。午後からは、大学、ゆるラン、外出仕事などを組み合わせて夕方までには片づける。17時以降は仕事をせず、インプットの読書と優雅にいきたいが、夕飯の準備などで時間が取れない（座れない）ので、耳読でインプットする。はたから見れば、まったく春樹ではないかもしれないが、私としては春樹に少しずつ近づいている。

『やめる時間術』（実業之日本社）という時間の使い方にまつわる本を書いた時に、「忙しい日々を改善したいけど、どういった1日を過ごしたいのかと聞かれると、上手く答えられない」という感想をもらった。実際、こういった人は多いのではないかと思う。それはきっと、その忙しさは自分の予定によるものではなくて、自分に与えられている役割（母親、会社員、主婦……）の予定、もしくは自分以外の人の予定（夫や子どもなど）によるものだ。忙しいのに、自分のために使う時間がほとんどない。だから、理想が思い浮かばない。

忙しさにからまっている時は、その予定は〝誰のもの〟なのか仕分けしてみる。その結果、自分の予定がゼロ、もしくは少ないのなら、それは忙しいというよりも、心が満たされていないのだ。どんなに忙しくても自分の予定で埋め尽くされている人は（起業家とか）、その忙しさを満喫しているだろう。もちろん、忙しさの中には、大人の役割として簡単に減らしたり、やめたりできないものもある。仕事も親も簡単にはやめられないわけで……。でも、その時間割の中に、少しでもいいから自分の時間を入れていくのだ。自分の時間割を取り戻そうと試してみる。そうしないと、いつまでも忙しさにからまったままになる。15分でいいから、自分の時間割に書き換えていく。そうして、少しずつその時間を増やしていく。

5年前に記していた私のスケジュールを見てみると、悲しいことに自分の時間が本当に少ない。仕事・家事・育児に関する多くのタスクを毎日やっているし、それなりに忙しいのに、「生きている！　充実！」という感覚はなかったことを思い出す。しかし、あれから5年経ち、少しずつ自分の時間が増えている。ほんの15分の見直しから、今は丸ごと1日の時間の試行錯誤までたどり着いている。ある意味、感無量。

私は村上春樹さんの時間割を見て、こんな1日を送りたいと思う。そのために、自分の時間割が、いつか春樹の時間割になるように、少しずつ調整している。少しずつ、自分で時間割を組み直している。

**自分の理想の時間割を立てる。**
**それに向かって調整していくことで時間の使い方が上手くなる**

# いつかにからまる

## ——いつかの打席に立つ準備

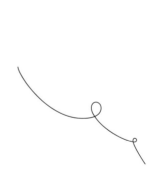

夫がWhatsApp（アメリカのLINEみたいなやつ）をスマホに入れろと言う。なんで？と聞いたら「ネパールに行く」と言う（ネパールはLINEが使えない）。しばし無言になる。修行でもするのか⁉　私のヨガ熱が移ったのか⁉　そこで、なぜ？と聞いたら、エベレストのベースキャンプまで登山するとのこと。再び、無言になる。

詳細を聞くと、約3週間かけて有名な登山家と一緒にエベレストのベースキャンプまで行けるツアーがあるらしい（ツアーといっても旅行会社が企画したものではなく、その有名な登山家が立案した個人企画)。ベースキャンプまでといっても、標高約5000mはある。素人がふらりと行って登れるレベルではないと思うのだが、少しずつ身体を慣らすために10日〜2週間かけて登るとのこと。

山登りが趣味の夫は、かねてより「エベレストには登れないだろうけど、ベースキャンプくらいには一生に1回は行ってみたいなぁ」と言っていた。彼はこの春に退職した。そんな折、たまたま見ていたネット情報で、5月に3週間かけて行われるツアーを目にしたそうだ。彼にしかわからない、そのタイミングが来たのだろう。

私はインドのアシュラムに2度ほど行っているが、その時にみんなが口々に言っていた「インドには呼ばれないと行くことができない」というセリフを思い出した。ずいぶん前から予定していたのに、VISAがなぜか出ずキャンセルになった人、出発直前に事故にあった人、コロナ到来で行けなかった人、お金も時間もあっても、呼ばれないと行けないのだ。彼は、5月の予定をすべてキャンセルして3週間ほど行きたいと言う。ネパールに呼ばれたのだろうか。彼は40代後半なので、歳を重ねて体力を失っていくと、今後ますます登るのは難しくなる。タイミングとしても、今しかないのかもしれない。

私は「行けば」と言い、夫はその日から準備を始めた。いや、彼がいつかのためにやっていたトレーニング（水泳、筋トレ、山登り）のギアを上げた形だ。

いつか、は突然やってくる。そして、いつかは来ると思って準備している者にしかやってこない。準備をしているから、〝呼ばれた〟ことがわかるのだろう。いきなりホームランは打てない。ふだん素振りをしているから、ホームランを打つタイミングがわかる。私の準備はＷｈａｔｓＡｐｐをスマホに入れるだけだったが、24時間で使えなくなっていた。まったく呼ばれてない。なぜだ。あきらめてＷｅＣｈａｔ（中国のＬＩＮＥみたいなやつ第2弾）へ鞍替えする。ＷｅＣｈａｔに呼ばれたのかもしれない。

夫は意気揚々と旅立ち、いまだ帰宅してない（この本の出版時には帰宅している）。旅の途中だ。ＷｅＣｈａｔに時々写真が送られてくる。バックパックの重さが身体に堪えている者、高山病にてヘリコプターで帰宅した者（なんと自己負担）、お腹を壊している者（これは夫のこと。氷点下なのだ）、様々な事情を抱えつつ、みな少しずつ、〝呼ばれた〟者として、道を味わっているようだ。

登山道中やエベレストまでの風景写真を息子たちと見ながら、私は彼らに話す。やりたいと思うことは、ある日突然チャンスが来るけれど、その準備をしていないと〝呼ばれた〟とわからないんだよと。長男は、お母さんがまた変なことを言っているという目で私を見ながらこう言う。「どういうこと？」。

「いろんな行動はすべて小さな点で、それがつながって線になると思う。いつか〇〇できたらいいなと思ったら、小さな一歩から始めるしかない。その一歩がたくさん積み重なってくると、いつかチャンスが来たときに、今だ！と呼ばれたことがわかる。お母さんは今、大学院に行っているでしょう。いつか行けたらいいな、と思っていたけれど、最初は思っているだけだった。でも時々、社会人で入学できる大学院を検索するようになった。そうすると今の自分に足りないことがわかるようになる。すると、今は受かるレベルになくても、少しでもいいから動こうとする。社会人入学者の入試科目を調べるとかね。いつか、いつかと思っているだけでなく、少しでもいいから行動し続けていたら、そのタイミングが来たら、今だとわかって手を挙げられるんだよ」

息子は、わかったような、わからないような顔をして、話を変える。「お父さん、お土産あるかな?」と言う。うん、きっとあるよ。どこにも売っていない、大きなお土産話が。

## いつかの憧れ。今の小さな準備が、そのいつかを連れてくる

# もしかしたらの可能性にからまる

## ——人生の方向性を決めるには

私は、やめることリストを思いつくたびに手帳に書いてきた。子どもの水筒を洗うのをやめる、なんて簡単なことから、この仕事は残りの契約が終わったらやめる、という重いものまで含む。やめることを決めることはとても大事だ。片づけでいうなら、捨てるものを決めることと同じ。やめる・捨てるから新しいものが入ってくる。

〝やめる〟は、自分の意思でコントロールする感じ。自分が決めたという自己決定感がある。英語だとＳＴＯＰだ。今まで続けていたことを、自然の成り行きや周囲の事情で、もう行わないことにする。また、しようとしていたことを思いとどまる。ここ数年は、このやめることリストにプラスして、あきらめることリストも作るようになった。その理由は、自分がアラフォーになり、自分が持つリソース、時間、体力、知力、気力、お金……の、上限を感じるようになってきたからだ。若い頃には無限に可能性が広がっていて、何でもできそうな気がしていたが、ある程度の年齢になると、持っているリソースを、使うべきところで使うことの重要性を考えるようになった。やめると〝あきらめる〟は、ニュアンスが全然違う。

◎あきらめる／見込みがない、仕方がないと思い切る。断念する。

あきらめるは、可能性を含んだ感じがする。あと少し頑張ればできるかもしれないけれど、やらないことにしたというニュアンス。英語だとGIVE UP。20代があきらめたと言うと、早くない!?と周りから突っ込まれそうだが、40代がそれはあきらめたと言えば、周りの誰かが「わかるよ」と肩を抱いてくれるはずだ。大人ほど、ポジティブに可能性を絞っていくこと、〝あきらめる〟が効果を発揮する年代なのだ。

私が、〝いつかやれるんじゃないかと思っていたけど、あきらめようかな〟と最近考えていることはこの2つだ。

・会社や事業を大きくする
・ヨガをメインの仕事にする

これらはまだやっていないけど、今やっていることの延長線として可能性がありそうなことだ。しかし、私にとってはあきらめたほうが良さそうだと気づいてきたこと。その理由をここに並べてみる。

・会社や事業を大きくする（ことはあきらめる）
↓大きくするためには、人に対するマネジメントや、人件費を含めた資金繰りを今まで以上に考えて、事務や経理といったバックオフィスも厚くする必要がある。私はそれらをやってまで、成し遂げたい何かがある?と考えていた。同時に、会社員時代の管理職経験を思い出す。マネジメント業務や新規事業も担当もしていたが、そこまで楽しいと思えなかった。やりたいことが会社のサイズが大きくないとできないわけではない今、これはあきらめる。

・ヨガをメインの仕事にする(ことはあきらめる)
↓ひとつの世界にどっぷり浸かる生き方がしたいのか?という問いを抱えていた。ヨガは好きだけれど、違うという結論。ヨガだけでなく、複数のことを同時並行でやっているほうがおもしろい。そのほうが、ヨガにもヨガ以外の仕事にもいい影響があるのだと気づいたので、あきらめる。

こうやってあきらめることを掘り下げると、自分が何をしたいのか、前向きにあきらめる道を決めることで、逆に歩みたい方向性が見えてくる。世の中には「やったらいいこと」が溢れている。ついつい「やったほうがいいかな」と、可能性を残しておきたくなるけど、惑わされなくなる。あきらめること、その理由を考えてみると、自分が今後どんな人生を歩みたいかが見えてくる。

## あきらめるとは、前向きに自分の人生の方向性を決めること

# モヤモヤに耐えられないにからまる

## ——モヤモヤは、私の種となる

私は日頃から、早くできることは早く失ってしまう、という考えを大事にしている。ヨガから学んだ教えのひとつ。早く楽にできるポーズは自分の中に多くを残してはくれない。逆に、難易度が高くすぐにできないポーズは、身体の使い方や筋肉を連れてきてくれる。時間をかけてできたことはなかなか失いにくいのだ。その証拠に、一度身についた身体の使い方は消えないし、筋肉もすぐにはなくならない。私たちは、できるだけ速く、明確に、そして意味のあることをしたいと思っている。それは時間を無駄にしたくないからだ。世の中にはたくさんのコンテンツが溢れていて、人々は限られた時間というリソースを有効に使いたい、無駄を省きたいと思っている。タイパ、コスパという言葉が顕著にそれを示す。ただ安いのではなく、使った時間に対してのパフォーマンスが良いことが求められる。

これは、消費に限らず、仕事なども同じだ。しかし、すぐには意味がわからないことや、手間がかかる経験のほうが、実は後でとても価値のあるものになることがある。例えば、新人時代は与えられた仕事の意味などよくわかってなかったが、数年経ち、俯瞰して仕事の流れが見えるようになると、その時の経験が自分の仕事力の土台になっていると気づく。人生を変えるようなことは、わかりやすく見えやすい予測可能な形では起こらないのだ。むしろ、よくわからないなあと思いつつもやってきたことや、モヤモヤしたことを流さずに考えた結果についてきたりする。

タイパ・コスパは、ぱっと見、わかりやすい。白黒つけるほうが、グレーにとどまるよりも簡単だしすっきりする。でもそれは、そのグレーの中に潜むあらゆる可能性を削ぎ落としてしまっているのかもしれない。グレーゾーンには、簡単にはできないが自分の血肉になるかもしれないコトの種が隠れている。そう考えるようになってから、私は自分のモヤモヤを大事にしている。白黒つけられないモヤモヤたち、上手くいかないこと、なんとなくひっかかる出来事、理由がわからないそれらを。

そんなモヤモヤを私はずっとためている。モヤモヤ貯金だ。方法は簡単で、手帳やノートに書き留めるだけ。モヤログ®と名づけている（モヤモヤのログだからだ）。このモヤモヤはいつか発酵する。私の場合は、それらがnoteやVoicyの発信内容や書籍につながったり、大学院進学のきっかけになったり、ご自愛ソックスといった作りたい製品のヒントになっている。

モヤログの効用を考えてみると2つある。1つ目。ネガティブ・ケイパビリティ（不確実さや不思議さ、答えが出ない状態を抱えることができる力）が育つ。2つ目。すぐにはできないけれど、いつかできるようになると自分の血肉になるようなことの種が見つかる。

モヤモヤはわかりにくいことの塊だ。わかりにくいけれど、それらは私の価値観や問題意識を刺激し、私をモヤモヤさせる。裏を返せば私のアイデンティティに関わるような、大事な種なのだ。流してしまってはもったいない。モヤモヤの状態を気持ち悪いと感じる人は多いと思う。しかし、そのモヤモヤがあなたのオリジナルの原石なのだ。私しか感じていないモヤモヤ。磨けば光る可能性を秘めている。さあ、今日もモヤログが私を呼んでいる。「それ、ちゃんと書いておきなさい」。

**その「モヤモヤ」はためておけ。あなたの未来につながっている**

# これからの私にからまる

## ――おもしろいを育てる

「美味しくなければ食べられない。身体にいいだけでは続かない」が私の座右の銘である。「タフでなければ生きていけない、優しくなければ生きていく資格がない」とレイモンド・チャンドラーは残したが、盛大にパクっている。さすがチャンドラー、真髄である。

なぜそれをやるのか？　何か意図があるのか？と尋ねられた時、たいてい私はおもしろいからと答える。おもしろいから――最高の理由でしょう？　私の〝おもしろい〟の基準は私にしかない。あなたのおもしろいと私のおもしろいは違う。オリジナルだ。おもしろいと感じるためには、おもしろいを引っかけるアンテナを磨いておく必要がある。錆びているると引っかからない。おもしろいは最強の言葉だと思う。自分の見ている世界を、ぱっと明るくしてくれる。

私のおもしろいは

・新規性（未体験、未習得からの知りたい）
・予想外（驚きや意外性からのびっくり）
・共感性（その体験や話をわかると感じる）
・ユーモア（想像の斜め上で笑ってしまう）
・挑戦（やってやると闘志が湧く）

こんな要素でできている。

多くの人が大人になる中で、自分のおもしろいが抜け落ちていく。身体にいいと言われてもビタミン剤だけでは生きていけないし、物足りない。美味しい＝おもしろい。おもしろいと感じないものを食べ続けることは難しい。そして、そのビタミンでどんな効果があるのか、何mgがいいのか、どの組み合わせがいいのか、といったことばかりに目が向くようになる。ビタミンをなんで飲み始めたんだっけ？　なんで身体にいいことをしたいんだっけ？　私たちはしばしば、美味しい＝おもしろいを見失いがちになる。

〝コンサマトリー〟という概念がある。これは、社会学者タルコット・パーソンズによる時間に関する概念で、その過ごす時間そのものを目的とした、自己充足的という意味だ。夢中になって過ごしているとあっという間に過ぎ、ああ、おもしろかったと感じる、そんな時間のことを指す。これは、何か目的を持った時間の使い方ではなく、〝今ここ〟を楽しみ、おもしろく感じる時間の過ごし方。

私はこのコンサマトリーに、自分のこれからのヒントが隠れていると思う。なぜなら無目的に、ただその時間をおもしろがって過ごしていたことが、私の人生のキーファクターになってきているからだ。ただ楽しかったヨガ、ただ満喫していた読書、ただ好きだった人間観察……。これらにまつわる時間は、最初はすべてコンサマトリーな時間だった。そのコンサマトリーな時間が蓄積した結果、私のキャリアを大きく変えてしまった。

例えば、私がヨガを始めた時、その動きやポーズのひとつひとつが新鮮でおもしろかった。最初はただの趣味だったけれど、続けていくうちに心と身体のバランスが整い、日々の生活にポジティブな影響を与えてくれるようになった。そして、今ではヨガを教えることが仕事の一部となり、多くの人にその楽しさを伝えられるようになった。読書も同じだ。子どもの頃から本が好きで、無心で物語の世界に浸る時間が至福だった。その中で培った読解力や想像力が、今の文章を書く仕事に活かされている。読書は単なる娯楽だったのに、いつの間にか読む側から書く側へ、私のキャリアの一部になっているのだ。

さらに、人間観察も興味深い時間の過ごし方だった。小学生の頃から、なぜこの人はこの行動をするのだろう、なぜ、こういった事態が起こるのだろう……頭の中で考えていたこと、人々の感情や行動を分解する土台となって、発信業の大きな武器となっている。

こうして振り返ると、私の人生のキーファクターとなるものは、すべて、おもしろいと感じる時間から生まれているのだ。ほら、おもしろいでしょう？　また、おもしろいを追求することは、自己充足だけでなく、他者とのつながりや新しい挑戦への道を開く鍵にもなっている。だからこそ、私は残りの人生も、もっとコンサマトリーな時間が自分に訪れることを期待して、〝おもしろい〟のアンテナを磨いていきたい。あなたはどうですか？

## 私のこれからは、もっと〝おもしろい〟の時間を増やしていく

# おわりに

今回の本は、私にとって初めての経験となる一冊だった。これまでも執筆経験はあるが、エッセイというジャンルを書くのは初めてだった。正直なところ、私はnoteで毎月マガジン記事を何本も書いているし、雑誌連載もやっているため、「余裕で進むのでは?」と考えていた。そんな甘い考えだった1年前の自分に猛省を促したい。エッセイは想像よりも大変だった。これまで私は、ビジネス本と呼ばれるジャンルしか書いたことがなかったが、エピソード主体の話を書くことは、まったく別の次元の話だった。エッセイというジャンルは、読者がスルスルと読めるような文章力と、最初のつかみと途中で飽きさせない工夫が必要だと、書いてみて初めてわかった。

エッセイを舐めるな、である。本当にすみません。こんな私だが、実はこの本は、今までで一番書くのが楽しかった一冊となった。「はるさんの分解思考をエッセイでぜひ！」と、執筆機会をくださった扶桑社の鈴木さん、ありがとうございました。そして、この「おわりに」を読んでくれているみなさん、ここまでたどり着いてくれてありがとうございます。

「私たちは深い準備をすることなく、人生の午後に踏み出すのです」（C・G・ユング『パーソナリティの発達』みすず書房）

ユングという著名な心理学者がこんな一文を残している。人生の午後。この一文を見た時に、私の手は止まった。私は今40歳を過ぎていて、これまでと同じ道をずっと歩いていたつもりなのに、気づけば、いつの間にか人生を折り返していた。その折り返し地点は、いつか来ると思っていたはずなのに、気づけば何の準備もせぬまま通り過ぎていた。この準備不足が、人生の〝からまり〟として、私の前に現れたのだろうか。これは決してネガティブな意味ではなかったと感じている。私にとっては、この〃からまり〃こそが、事前準備不足をカバーしてくれるものとなった。上り坂より下り坂のほうが怪我をしやすい。ミドルエイジが感じる〃からまり〃は、大きな怪我から身を守るためのサイン、自分の人生を見直すきっかけなのだと思う。足元に気をつけろ。自分のペースで進め。人生の午後は、誰かの期待する大きな物語からはそっと降りて、自分が心地よく感じる風通しのいい場所を、ゆっくりでいいから安全に歩いていきたい。

今回の書籍を書くにあたって、様々な意見をくれた、同じ働く母仲間としていつも私を鼓舞しつつ冷静に諌めてくれる高野莉依さん、また、原稿チェックを手伝ってくれたオンライン・コミュニティ〃はろこみ〃のみなさんに感謝を述べたい。

愛すべき11歳と7歳の息子たち。君たちの成長をいつも特等席で観察させてくれてありがとう。この本には、君たちのエピソードも入っているので、いつか、母がどんなことを考え、君たちと過ごしていたのかを読んでみてほしい。また、私が原稿を書いている間、子どもたちと3人で過ごしてくれた夫にも感謝する。

そして、最後まで読んでくれたみなさま。この本は、2024年の私が、現在進行形で感じたことや、振り返ったことを書いたもので、この内容は、2025年の自分には書けないし、2023年の自分でも書けなかったと思う2024年の私の思考を丸ごと切り取った一冊。〝からまり〟の当事者ゆえのみずみずしい感覚を残すべく書いたこれらの文章が、どこかの誰かの琴線に触れたなら、文章を書く身として、とても嬉しい。ここでお会いできてよかった。最後までありがとうございました。

それでは、またどこかで。

2024年8月　尾石晴

## 尾石 晴　おいし・はる

Voicyパーソナリティ。㈱POSPAM代表。外資系メーカーに16年勤務し、長時間労働が当たり前の中、子持ち管理職として、分解思考で時間を捻出。会社員時代にブログや音声メディア「Voicy」などの発信を始め、2020年に独立。現在は、ヨガスタジオ「ポスパム」主宰、母と子のシェアコスメ「soin（ソワン）」開発などに従事。Voicyでは6400万回再生超えを記録し、トップパーソナリティとして活躍中。著書に『自分らしく生きている人の学びの引き出し術』（KADOKAWA刊）、『「40歳の壁」をスルッと越える人生戦略』（ディスカヴァー・トゥエンティワン刊）などがある。

Voicy　https://voicy.jp/channel/862
X　@wa_mamaharu
Instagram　@waamamamaharu
尾石晴ホームページ　https://haru-oishi.com/
ポスパムのサービス全般　https://pospam.jp/

## からまる毎日のほぐし方

発行日　2024年 9月30日　初版第1刷発行
　　　　2024年12月30日　　第3刷発行
著者　尾石 晴
発行者　秋尾弘史
発行所　株式会社 扶桑社
〒105-8070 東京都港区海岸1-2-20 汐留ビルディング
電話 03-5843-8581（編集）
　　03-5843-8143（メールセンター）
www.fusosha.co.jp

印刷・製本　タイヘイ株式会社 印刷事業部


ISBN978-4-594-09718-9